울음 잡는 가질꽃

울음 잡는 가질꽃

초판 1쇄 발행 2019년 6월 1일

지 은 이   김성수
발 행 인   권선복
편   집   오동희
디 자 인   오지영
전 자 책   서보미
발 행 처   도서출판 행복에너지
출판등록   제315-2011-000035호
주   소   (07679) 서울특별시 강서구 화곡로 232
전   화   0505-613-6133
팩   스   0303-0799-1560
홈페이지   www.happybook.or.kr
이 메 일   ksbdata@daum.net

값 15,000원
ISBN   979-11-5602-724-9   (03810)

Copyright ⓒ 김성수 2019

도서출판 행복에너지는 독자 여러분의 아이디어와 원고 투고를 기다립니다. 책으로 만들기를 원하는 콘텐츠가 있으신 분은 이메일이나 홈페이지를 통해 간단한 기획서와 기획의도, 연락처 등을 보내주십시오. 행복에너지의 문은 언제나 활짝 열려 있습니다.

울음 잡는 가질꽃

김성수 지음

대장간에서 태어나는 삶 그리고 들꽃
유기와 함께 숨 쉬는 방짜아재의 늦들애愛

새벽 비에 젖어 마르지 않은 잎이 맑은 구슬처럼 예쁘다.
출근길에 즐거움을 주는 이름 모를 풀꽃들이 고맙다.
방짜아재의 충전이다. 내가 즐기는 가질꽃 피는 하루다.

행복에너지

들어가며

　2012년 당시 두 자녀는 대학생이었고 나는 실직한 상태였다. 취업이 절실했으므로 애타는 마음으로 하루하루를 기도하며 보냈다. 그러던 6월 27일 따르릉 전화벨이 울렸다. 이종덕 무형문화재에게서 온 전화였다. 기업(두레산업)을 익산으로 이전하겠다는 내용이었다. 나는 즉시 공단 여기저기를 알아본 후 기업을 유치하고 그곳에 취업을 했다. 방짜 반상기와 징, 꽹과리 등 전통 타악기를 생산하는 기업이다. 놋쇠를 깎았다. 가질이라 불리는 이 일은 지렛대 원리를 이용해서 놋쇠의 산화 피막을 벗겨 노랑 황금빛 방짜를 만드는 옛 선조들 과학의 지혜가 깃든 일이다. 처음에는 단순히 반복적으로 깎기만 하다가 힘점과 작용점에 내가 준 힘이 미치는 영향을 생각하며 방짜유기에 대한 책을 읽기 시작했다. 책은 아무런 느낌이 없었다. 문득 스쳐 가는 생각을 노트에 적었다. 운라Gong를 깎으며 노트에 적었던 것들이 하나로 연결되면서 새로운 의미를 만들어주었다.

　나의 글쓰기 주제는 방짜유기, 키워드는 일상의 공감이다. 놋쇠 작가가 되어 풀꽃을 통하여 세상에 유기 대장간의 일상을 전하고 싶다.

　'단순하고 반복적인 일상에 행복이 있다.'

　칠 년의 세월이 흐른 지금에 와서 생각하니 모두가 예정되어 있던 일처럼 느껴진다. 어찌어찌하다 보니 연금도 없고 월세를 받아 생활할 수도 없는 시니어가 되었다. 이제야 노후 대책을 생각하니 늦어도 너무 늦은 시간이다. 해결 방법은 일을 끝까지 하는 것이었다. 천만다행으로 방짜유기 가질 대정이 되었다. 공장 생활은 고용 불안이 없다. 다만 건강과 신체의 관리가 필요하다. 재취업한 시니어와 쉼이 필요한 신중년에게 이 책을 바친다.

놋쇠 작가 김성수

목차

5

가질꽃 피는 하루

용어설명

방짜 : 구리(동)와 주석을 78:22로 합금한 기물로 질 좋은 놋쇠.

놋뜰애愛 : 유기(놋쇠) 대장간의 뜰.

방짜 아재 : 생활인의 정체성

가질 : 불꽃에 달군 방짜의 표면은 산화되어 검은데 이 방짜 쇠를 회전체에 끼우고 질대에 걸친 후 지렛대 원리로 산화된 피막을 벗기는 수작업.

징 울음 : 트집 잡은 징을 벼름질해서 고른 음을 내게 하는 공정.

트집 : 징의 원을 고르게 만드는 망치질.

벼름질 : 징, 꽹과리의 울음을 깨는(잡는) 곰 망치와 황새 망치질을 벼름.

재참쇠 : 소탕에서 달구어진 쇠에 재차 불을 가한 놋쇠.

불꽃쇠 : 소탕 속에서 버너의 불꽃을 이용, 방짜 쇠에 빨갛게 불을 먹인 놋쇠.

1 놋쇠 다락방
茶樂房

01
'꽃잔디'와 외유내강 불꽃쇠 기질

"큰 나무들은 온몸이 이리저리 흔들리다가
눈물처럼 잎을 뚝뚝 떨어뜨려 울지만
꽃잔디는 말도 없고 흔들림도 없다."

바늘처럼 가는 몸은 어쩐지 좀 더 마음을 써주어야 하지 않을까? 하는 생각이 자꾸만 가슴을 두드린다. 김윤현의 〈꽃잔디〉는 그 자체로 여려서 사랑받을 수 있음에도 남을 위해 눈발과 바람을 이겨내고 자신의 몸보다 더 큰 꽃을 피워낸다. 외유내강, 즉 꽃잔디는 여리고 여려도 겨울을 이겨내고 꽃을 피워내고야 마는 외유내강이다. 남을 위해 바늘처럼 가는 몸에서 꽃을 피우는 작은 거인이다.

가는 몸으로 우산꽃을 피우는 사람은 많다. 성직자가 그렇다. 본인은 귀도 크고 머리도 크고 입도 크지만 늘 작아지려고 노력하는 모습이다. 난 부드러운 카리스마의 대표 격인 목사님을 매주 먼발치에서 본다. 크면서도 솟지 않고 한결같이 차분함을 유지하는 모습에서 꽃잔디가 연상된다. 겨울에도 꽃잔디를 보려면 볼 수 있다. 그러려면 볼 수 있는 거리로 다가가야 한다. 방짜 아재는 봄비에 젖은 아롱한 꽃잔디를 느끼며 하루하루 불꽃쇠와 씨름한다. 꽃잔디의 꽃말은 '희생'이다. 공방의 놋뜰애愛 보라색을 띤 가녀린 꽃잔디가 쉬러 나온 아재들을 위로한다.

'나는 조선 최고의 유기를 만들 것이다.'
한순계는 망치질을 하면서 이를 악물었다. 사람들은 천한 일을 한다며 장인을 멸시했다. 그러나 그는 최고의 유기를 만들겠다고 다짐했다. 그는 조선에서 가장 아름다운 유기를 만들기 위해 하루도 거르지 않고 담금질을 했다. 담금질의 강약이 견고하고 아름다운 유기를 만드는 최고의 기술이었다."

이수광의 『조선의 방외지사』에서 한순계는 목적을 가진 후에 단순 반복하는 인내심으로 조선 최고의 유기장이 되었다.

아마도 그의 어머니는 무반의 집안에서 태어난 그가 서책을 읽으며 여생을 보내길 기도했을 것이다. 하지만 목표가 뚜렷한 그는 일상에 매사 성실했다. 매일매일 망치질을 느꼈다. 그 느낌으로 인해 결국엔 자급자족 수공예품에 의지할 수밖에 없었던 조선에서 최고의 유기 장인이 되었다. 아버지를 일찍 여의고 홀어머니를 모시며 방짜업에 종사한 한순계는 조선의 계급사회에서 쉽지 않은 결정과 희생을 한 것이다. 그러나 그는 일상에 충실했으며 조선 최고의 방짜를 만들어내고 부를 거머쥐었다. 말년에는 유기점을 경영하며 시서화를 즐기고 율곡 등과 교제하며 살았다.

　꽃잔디는 꽃이 지고 없는 겨울에 뿌리 깊이 인내하고 다시 올 봄을 믿으며 기다린다. 공방의 아재들은 반복되는 일상의 힘으로 불꽃쇠 방짜 기물을 만들어낸다. 벼름 아재의 손은 게이지gauge다. 손으로 두께를 맞추고 눈으로는 사방의 고르게 떨리는 울음판을 가름한 후에 황새망치[1] 벼름으로 울음을 잡는다. 황금빛 꽹과리가 상쇠의 손에서 멋진 가락으로 탄생되어 귀와 가슴을 울리는 것은 전승의 힘이다. 꽃잔디를 쳐다보며 오감으로 느끼고 꽹과리를 만들어내는 따뜻한 일상이다. 일상에 녹아든 불꽃쇠 망치질은 담금질과 꽃심이다.

---

1) 황새의 등처럼 굽은 망치의 끝으로 기물의 안쪽을 쳐서 벼름질하는 도구다.

불꽃쇠는 연단을 통해 놋쇠에서 꽹과리가 된다. 최명희 작가는 『혼불』에서 "꽃심은 현재 상황에 굴하지 않고 미래에 필 꽃을 그리며 이겨나가는 것이다."라고 했다. 키 큰 소나무 아래의 꽃잔디는 절대로 연약하지 않다. 일렬로 서기도 하고 자유롭게 퍼지기도 한다.

   일상에서 자연을 빛으로 촉감으로 느끼며 최고의 꽹과리를 만드는 방짜 아재는 꽃잔디가 이루어낸 힘이 있다. 그 꽃심에 기대어 가족의 얼굴엔 웃음꽃이 핀다. 꽃잔디의 외유내강과 놋뜰애愛 핀 웃음꽃이다. 눈물 많은 아재들의 건승을 기도한다. 산화 피막을 벗기며 선조의 과학 속 향기와 일상에서 인내심을 배운다. 가질간[2] 밖의 늘 푸른 소나무 아래 핑크색 꽃잔디엔 수줍은 아름다움이 있다. 봄비가 내리는 촉촉한 아침에 발길이 놋뜰로 향한다. 오늘은 어떤 모습이 있을까? 설렘이 있다. 매일 되풀이되는 과정에서 의지를 다지고 작업과정에서 자연의 생생한 기운을 받는다. 여리여리한 꽃잔디엔 부드러우면서도 강한 내면의 힘이 있다.

---

2) 삭형(가질)하는 일간. 가질 작업을 하는 틀이 있는 작업장

02
'강아지풀' 손 흔드는 사랑의 씨앗

"온몸으로 받아들이며 가꾸어 온 사랑
단단하게 맺혀진 열매를 무슨 바람 들었다고 한순간
비틀거림으로 흔들릴 수 있을까."

    김승기의 〈강아지풀〉은 사랑의 씨로 그렇게나 많은 결과물을 냈다. 강아지풀은 행복에너지가 넘치는 개꼬리풀로 살았나 보다. 가냘픈 모가지가 실바람에 살랑살랑 흔들리면 가슴 뿌리까지 흔들리는 여린 감성을 가졌다. 구미초(강아지풀)는 여름내 비바람과 이슬로 무장해 단단한 열매를 맺는다. 강아지풀의 꽃말은 동심이다. 구석기 시대부터 유라시안 지역의 온대 지역에 널리 퍼져있는 개꼬리풀이다. 소리 없이 흔들리는 강아지풀처럼 일어나 주섬주섬 옷을 챙겨 입고 일터로 향한다.

　이른 새벽 버스정류장 청소부 아저씨는 구시렁구시렁 거리면서도 부지런하다. 오전 6시 10분 첫차에 몸을 실으니 버스 안은 이런저런 수다 소리로 흥건하다. 창밖에 시선을 둔 방짜 아재는 무심한 듯 넋 놓고 있다. 버스에서 내려 한참을 걸어 공단으로 들어가는 석암로 14길에는 반가운 듯 강아지풀들이 손을 흔든다. "천천히 가세요. 넘어져요. 잘 다녀오세요." 꼬리를 흔드는 강아지풀들과 인사하는 사이에 가질간에 도착했다. 발우 방짜 사발이 반긴다. "잘 깎아주세요. 울지 않게 해주세요. 귀머니[3]와 시울[4]은 특히 울지 않게 깎아주세요." 순 우리말 '가라지'[5]를 지켜낸 강아지풀처럼 흔들흔들 보챈다.

　"이승훈은 공장과 행상들의 봉놋방, 주인 영감의 사랑방 등을 오가면서 유기 공장의 일을 하나하나 배워나갔다. 놋쇠 몇 근을 두들기면 놋대야 몇 개가 나오고 퉁쇠는 몇 근을 녹여 무엇을 만들면 얼마짜리가 나오는데 그것을 행

---

3) 기물 안쪽 구석의 꺾여진 곳
4) 꽹과리의 약간 굽거나 휜 부분의 가장자리
5) 볏과의 한해살이풀. 줄기와 잎은 조와 비슷하고 이삭은 강아지풀과 비슷하다.

17

상들에게 얼마에 넘기면 행상들은 그것을 가지고 어느 장에 가면 얼마를 받고, 어느 마을에 가서 누구네 집 사람에게 가을에 쌀 얼마를 받기로 하고 외상을 내준다는 것 등을 배웠다."

　이준구, 강호성 편저『조선의 부자』의 내용이다. 태어난 지 여덟 달 만에 어머니를 여의고 열 살 나던 해에 할머니와 아버지마저도 세상을 떠난 불행한 소년 승일(이승훈)은 납청정에서 제일가는 부자 임일권(임박천)의 방사환이 되었다. 그는 유기 제조공장을 몇 개나 가졌고 집 사랑에서 도산매를 하였으며 공상업을 겸하는 큰 상점도 가지고 있었다. 열한 살 난 이승훈은 주인 영감 타구 요강 비우기, 방 쓸고 걸레 치기, 손님이 오면 재떨이 화로 가져다 놓는 일을 하고 밤에는 사랑방 윗목에서 잤다. 산천의 강아지풀 씨앗만큼이나 단단하게 맺어진 남강 이승훈의 어린 시절 이야기다.
　44세, 그는 연속된 사업의 실패 때문에 실의에 빠져있을 때 도산 안창호 선생의 웅변을 듣고서 마음을 다시 잡았다. 그 후 그는 수많은 사랑의 씨앗을 퍼트린다. 나는 어떻게 강아지풀처럼 사랑의 씨앗을 맺을 수가 있을까? 남강처럼은 아니어도 사랑을 실천할 수는 없을까? 대다수의

70·80세대는 여유 있는 노후를 계획하기도 전에 은퇴를 하게 되었다. 하지만 그들은 생산의 저력이 있다. 생산도 해보았다. 이제 그들은 가난을 설계해야 한다. 방짜와 함께 일상에서 오감을 맛보고 느끼자. 나와 우리의 주파수(송수신)를 회복하자. 꽃심을 누리자. 우리의 꽃심이 아름다울 만큼 관계를 회복하자.

머리목⁶⁾에 꽉 낀 발우 사발은 가질 대장에게 꼼짝도 못 하게 잡혔다. 질대에 고정한 모칼이 산화 피막을 가른다. 황금빛 고속도로가 시원하게 뚫렸다. 이어 중칼과 평칼이 뒤를 따르고 엇배기 가질을 기다린다. 선조들의 손매가 그대로 배어 나오는 순간이다. 가질 전승은 조상의 지혜. 질대를 받침점 삼아 칼대의 끝을 잡고 힘을 주면 작용점에 배가되어 가해진다. 단순 반복하는 방짜 아재들의 작업과정은 숨 쉬는 그릇이고 모두가 대정이다. 쇠를 녹일 때면 용해 아재의 눈이 빛난다. 압연과 메질⁷⁾할 때는 대정의 모습이다. 벼름질과 울음 잡는 황새망치 대정은 늘 배고프고 힘들다. 그 고된 일을 모두 어깨너머로 배웠다. 강아지풀처럼 흔들리는 방짜 아재들은 하루의 고된 일과를 웃음으로 이긴다.

6) 가질작업을 할 때 기물을 고정시키는 둥근 나무통
7) 쇠를 두들길 때 하는 망치질, 유기 대장간에서 내려오는 전통용어

　강아지풀의 꽃심은 오랜 세월을 참고 견딘 사랑의 씨
앗이다. 이 씨앗은 소탕의 놋불 속에서 불꽃쇠가 되어 많은
방짜 유기를 생산한다. 인내를 먹고 자연을 보고 살갑게 사
랑하고 느끼며 일상을 누린 결과물이다. 강아지풀 사랑은
인내의 씨앗으로 열매를 맺은 꽃심이다. 톡 터트리면 꽃심
이 전파된다. 일상에서 강아지풀 사랑과 꽃심을 전파하자.

03
'개망초' 그릇의 둘레길 다화

"나는 둘레를 얻었고
그릇은 나를 얻었다."

생활자기를 선물 받은 윤도현 시인은 〈그릇〉에서 마치 찻사발을 느끼는 듯하다. 어릴 적 사기그릇은 참으로 무거워서 들기도 힘들었다. 그런 백자들이 시골집 여기저기에 굴러다닌다. 화초를 담거나 오랫동안 찻잔과 찻그릇으로 사용해서 빙렬의 금마다 검게 물들어 있다. 시인의 감성은 탁월하다. 그릇으로 들어가 마치 내 허물인 양 가르침을 주었다. 내 안에 새겨진 흔적의 금을 껴안고 살아보라고 힘을 준다.

무거운 백자 그릇을 차 생활에 접목해 보면 어떨까 생각을 해본다. 지천에 그릇의 둘레길을 표현해 줄 꽃들은 많다. 개망초, 애기똥풀, 방가지똥, 지칭개를 둘레길 찻자리에서 다화로 쓸 생각하니 정겹다. 온종일 맨몸으로 지렛대를 이용하여 불꽃쇠 방짜를 깎는 고단함을 들꽃에서 위로받는다. 놋뜰애愛 머리를 박고 새로운 들꽃이라도 발견할라치면 소풍 가서 보물을 찾은 기분이다.

모두가 길가에 흔하게 피어있는 풀꽃이다. 유기 대장간은 용해하고 압연해서 판을 따고 또 메질을 해야 하는 숨 막히는 일과로 채워져 있다. 가질하다가 쉬는 시간에 보는 풀꽃은 길가에서 보는 것과는 사뭇 다르다. 쉬는 시간에 보는 풀꽃은 마음을 편하게 하고 얼굴에는 웃음을 띠게 만들어준다. 파란 하늘의 흰 구름이 이 순간을 더욱 밝게 한다. 때를 맞춘 개망초가 오늘의 찻자리 꽃이다.

"걷는 것이 행복하고 즐거운 이유는 스스로가 체험하는 것에 있다. 살면서 시름을 잊고 괴로움을 등지며 희망과 용기를 얻는 길이기 때문이다. 욕심부릴 것도 없이 그저 눈에 보이는 것을 마음속에 담으며 걷는 길, 바로 익산 둘레길의 미덕이다."

익산시 〈천년의 꿈이 서린 백제왕도 익산을, Amazing 하게 즐겨라!〉 중에 있는 한 편의 글이다. 그릇의 둘레와 익산의 둘레길은 알맞은 때에 서로를 품었다. 시인은 그릇의 둘레를 품고 하나가 되었다. 그릇은 개망초를 품었다. 놋은 불꽃쇠를 품고 방짜로 한통이 되었다. 눈에 보이는 것들과 통하는 즐거움은 일상에서 나온다. 둘레길 저만치에서 흔들거리는 개망초 꽃잎은 백자색이다. 개망초 꽃은 그릇에서 대용차[8]로 변했다. 그릇은 찻잔이 되어 개망초 꽃내음을 풍긴다. 들풀 내음 꽃차 향이 입속에서 돌다가 부드럽게 목을 축인다. 카테킨이 없어 많이 마셔도 속이 쓰리거나 잠을 못 자는 일은 없다.

일상에서도 절묘하게 때를 맞추면 사랑을 받을 수 있다. 혼자뿐인 것 같은 밤에 받은 친구의 전화벨 소리와 그때 함께 있는 사람이 그렇다. 그릇에 담긴 개망초 다화[9]와 윤도현의 시가 방짜 아재를 위로한다. 절묘한 때에 스며든 만남이다. 풀꽃은 무거운 백자 사발에서 다화가 되어 호사를 누린다. 묵은 백자 그릇은 자잘한 빗금으로 얽혀있다. 그것은 우리가 살아오며 생긴 상흔이다. 시인은 시어를 동원해 금 간 삶을 부둥켜안았다. 나와 우리의 허물을 덮고 금이 간 상태로 수

---

8) 차나무 잎으로 만들면 '차', 차나무 이외의 식물의 산물이면 '대용차'이다.

9) 찻자리에 연출된 꽃

용하는 능력을 지녔다.

 일제 강점기에 들어온 개망초는 환경에 적응하여 사방천지에 꽃을 피워낸다. 이 풀꽃은 다화가 되고 차가 되어 둘레길을 걷는 우리와 마음을 나누는 친구가 되었다. 관계 복원력이다. 그 힘으로 방짜 아재는 불꽃쇠를 가공하고 절단하여 가질한다. 방짜 다구에 가루차로 행다[10]를 했다. 다구와 소품에 스며든 찻물은 그릇에 배어 차향을 풍긴다. 일상의 소소한 여유를 온몸으로 느낀다. 둘레길 옆 개망초가 나를 품고 비벼댄다. 나는 둘레길 미풍이 살갗에 닿는 따스함을 누린다. "가까이 있는 사람을 행복하게 해주고 멀리 있는 사람은 가까이 다가오게 해준다."는 개망초 꽃말처럼.

---

10) 차를 달이거나 마심

04
'백일홍' 풀꽃과 나무의
유기 데이Day

"이윽고 수평선 위에 용사가 탄 배가 나타나 다가왔다. 그러나 그 배는 붉은 깃발이 펄럭이고 있었다. 처녀는 절망한 나머지 자결을 하고 말았다. 그러나 사실은 용사가 이무기와 싸우면서 흘린 피가 흰 깃발을 붉게 물들였던 것이다. 그 뒤 처녀의 무덤에서 이름 모를 꽃이 피어났는데 백일기도를 하던 처녀의 넋이 꽃으로 피어났다 하여 백일홍이라 불렀다고 전해진다."

『한국민족문화대백과』에는 이무기에게 산 제물로 바쳐진 처녀의 이야기가 있다. 백일홍의 붉은 선홍색에는 바람과 불볕더위, 태풍을 이겨낸 인고가 있다. 용사가 이무기와 싸워 이기는 동안 깃발은 선홍빛으로 변했다. 처녀의 넋으로 피어난 백일홍은 죽은 임을 그리워한다. 초혼인 것이다. 이 혼은 살아있는 혼이 되기를 바라고 이 살아있는 혼은 미래의 혼이 되기를 기원한다. 백일홍은 임 그리워 피는 꽃이다. 사무치게 불러보고 안아보고 싶은 임을 꽃피웠다. 불을 뿜는 꽃으로 현재에 피어난 백일홍이다.

"넘어지면 매달리고 타올라
불을 뿜는 나무 백일홍
억센 꽃들이
두어 평 좁은 마당을 피로 덮을 때,
장난처럼 나의 절망은 끝났습니다."

이성복 시인의 〈그 여름의 끝〉에서는 억센 백일홍을 이야기한다. 폭풍을 이겨낸 백일홍이 한여름을 지나 백 일 동안 피듯이 방짜 불꽃쇠의 인내는 천년 동안 변하지 않는 금빛을 머금고 피어난다. 이 불꽃쇠는 검은 산화 피막을 깎아내는 인고의 시간을 견디어낸 것이다. 방짜 아재는 오랜 시간과 고난의 끝에서 새로운 빛을 탄생시킨다. 모두가 일상에서 백일홍처럼 절망을 이겨내고 일상을 누리자.

놋뜰애愛 빨갛고 노란 꽃이 만발하고 불볕더위와 태풍이 지나갈 때 유기 대장간 소탕에서는 붉은 불을 피운다. 한쪽에서는 메로 치고 우겨서 겹놋쇠를 만든다. 뒤질세라 옆에선 뒤조이¹¹⁾로 냄질하여 우개리¹²⁾로 분리한다. 이어 쏟아지는 우개리는 꽹과리 형태를 잡기 위해 닥침¹³⁾을 한다. 가슴 졸이며 만들어낸 징, 꽹과리는 불꽃쇠 방짜 아재들에게 흥을 더한다. 억센 상남자의 팔에서 피어난 요강은 요물단지라고도 불린다. 또 방짜 명상기는 테라피를 위해 방짜 아재들이 용을 쓰며 생산한다. 우리의 피로가 겹칠 때 일주일 같은 하루가 끝이 난다. 방짜는 불꽃쇠를 두드리고 담금질해서 깎고 또 깎아 만들어낸 기물이다. 어려운 현실을 이겨낸 꽃심이다. 꽃심의 행복이 신중년에게는 필요하다.

불꽃쇠와 함께 유기 대장간 아재들은 한여름을 땀으로 이겨낸다. 방짜 기물은 원앙 세트가 되어 부부의 대화를 이끌어낸다. 이에 더하여 꽹과리의 흥이 더해지면 행복한 일상이 된다.

---

11) 겹놋쇠를 낱장으로 분리하는 공구
12) 겹놋쇠에서 분리된 낱장
13) 우개리를 완제품 모양에 가깝게 만드는 작업

하루하루가 모여 환갑의 나이가 되면 삶의 전환을 맞이한다. 이때를 육이(유기) 데이Day라고 하자. 신중년 부부는 건강과 사랑을 더욱 필요로 하는 시기이다. 이들에게는 생명의 식기라 불리는 원앙 세트가 필요하다. 이것이 인생 이모작을 준비하는 활기찬 신중년의 모습이다. 모두가 일상에서 백일홍과 불꽃쇠처럼 일상을 이겨내고 행복을 누리자, 더 행복해지자. 내 뜻대로 태어나지 못해, 또는 형편과 처지 때문에 하지 못한 공부를 다시 시작해 보자. 마지막 같은 사랑을 해보자. 적성에 맞는 일을 찾아서 신중년엔 불을 뿜는 나무가 되어보자.

05
'기생초' 유기는 놋뜰애愛 귀화

'다정다감한 그대 마음'이라는 꽃말을 가진 풀꽃이 놋뜰애愛 정원 소나무 밑에 피었다. 금계국 같은 저 꽃의 이름이 무얼까 궁금해하며 정원을 들락날락하다가 밟기도 한 기생초다. 출근할 때면 실바람에도 살랑거리며 반긴다. 늘 진한 밤색 루주를 칠하고 애교를 부린다. 산야 풀꽃은 있는 그대로의 자연스러운 멋이 있다. 박얼서 시인은 〈기생초〉에서 흙과의 사랑을 노래했다. 먼 타국에서 낯선 땅에 이주한 삶이 결코 녹록하지는 못했으리라. 이 땅에 나고 자라면 우리 식물이 아닌가.

"두 눈 꼭 감아야

겨우 가 닿을 수 있는 곳

천길 벼랑을 딛고
한줌 흙 인연 맺어
그리움 적셔 홀로 피었네."

길가에 지천으로 피어있는 기생초는 금계국이 지자마자
피어나서 구분이 잘 되지 않는다. 귀화하여 세 들어 사는 신
분을 망각하고 개망초와 일가를 이루어 온 산하를 뒤덮는다.
그래도 보기엔 아름답다. 내 산야에서 생장하면 우리의 꽃
이다. 우리네 풀꽃으로 인정하고 놋그릇에 꽃단장을 한다.
본래 이름은 춘자국인데 기생초라고 더 많이 불린다. 온

땅을 덮어버릴 듯 여기저기 피어나는 것이 귀화 식물의 본성
이다. 우리 토종들은 소리 없이 자리를 내어주고 어느 곳에
서 숨죽이고 있을까. 기생초는 놋뜰애※ 정원 소나무 밑에서
초콜릿색 립스틱을 칠하고 살랑살랑 윙크한다. 이 풀꽃을 보
며 놋그릇은 어디서 귀화했을까? 방짜는 어디서 먼저 만들
었을까? 궁금해진다.

"유기그릇은 본래 오리엔트 지방인 페르시아(이란) 등지
에서 처음 생산되었다. 5세기경에 다리우스 대왕 등이 금
과 비슷한 재료로 컵을 만들어 사용하였는데 바로 그것이
놋쇠로 만든 것이었다고 한다. 그러나 페르시아에서 놋쇠
가 대량으로 만들어진 것은 6세기경이며 그 기술이 차츰
인도에 전해지고 또 중국에 전해졌다."

안귀숙은 『유기장』에서 이야기한다.

"우리나라의 유기 제작은 멀리 청동기시대부터 시작하
였는데, 이 시기는 인류 역사에 있어 최초로 합금술이 발명
된 때이다. 한국에서의 청동기 주조는 기원전 700년을 상한
선으로 보며, 청동기가 발달한 시기를 기원전 300년경, 그리고
끝난 시기는 대개 기원전 2~3세기경으로 보고 있다."

1834년에 간행된 이규경李圭景의 『오주서종박물고변』五洲書種博物考辨에는 '향동(청동)은 우리나라의 놋쇠이다. 놋쇠 1근을 만들려면 구리 1근에 주석 4냥을 넣는다'라고 하였다.

놋그릇의 원재료인 놋쇠는 구리와 주석의 합금인 향동響銅이 주종을 이루며 유철鍮鐵이라고도 부른다. 여기에는 주석이 10~20% 첨가되어 있고 이런 청동은 겉 빛이 노르스름하다 하여 '놋쇠'라고 불렀다.

유기 대장간의 놋뜰애愛는 예쁘고 사랑스러운 보물이 있다. 다정다감하기까지 하다. 퇴근할 때는 잘 가라며 수고했다고 교태 부려 손을 흔든다. 한낮의 뜨거운 태양 볕 아래서 유난히 루주가 초콜릿처럼 보인다. 길가에 자생하는 기생초다. 생명은 벼랑 끝에서도 생장한다. 불볕더위 재난 주의보 속에서 기생초의 환대를 받으며 불꽃쇠와 씨름하는 방짜 아재는 풀꽃을 보고 웃는다.

06
'인동초' 반찬그릇의 자연 다화

"오늘을 꽃피우기 위해

매서운 설한풍에 얼마나 시달려

심장도 얼었을 터인데

인고의 보람 있어

순정의 꽃 곱기도 하다."

　곽병술 〈인동초〉의 한 소절이다. 인동초가 살랑살랑 바람에 날리는 것이 봄 처녀 손짓처럼 곱다. 이 살랑거리는 손짓을 하기 위해 한겨울에도 깨어 추위를 견디며 인내하고 준비했으리라. 봄비에 촉촉이 젖으면 어두운 주위를 환하게 하고 오가는 사람에게 정겹게 살랑살랑 손짓을 한다. 검은 씨방 같던 하늘도 쪽빛으로 밝아졌다. 행복을 주위에 나누는 인동초의 삶이다. 내 눈에 들어온 인동초는 붉은 인동초가 아니고 노랗고 하얗다. 그로 족하다. 인동초와 닮은 숨 쉬는 그릇 방짜 유기는 찬기[14]다.

마음으로 보는 조선의 대장간엔 인동초같이 인내하며 공부에 미친 대장장이가 있었다.

"배점은 감히 선비들과 같이 앉아 강학을 들을 수 없어서, 뜰에 엎드려 절하고 강학을 들었다. '선생님의 말씀을 들으니 마음이 환하게 밝아지는 것 같구나.' 배점은 그날 이후 이황이 와서 강학할 때마다 뜰에 꿇어앉아 들었다. 이황이 그를 불러 이것저것 묻자, 대장장이라고 대답했다."

이수광의 『공부에 미친 16인의 조선 선비들』의 한 대목이다. 조선시대엔 공부에 미친 사람들이 있었다. 배점도 그중에 한 인물이다. 순흥(경상북도 영주)의 대장장이인 그는 풀무질로 거칠고 지친 몸인데도 늘 책을 가까이했다. 힘든 몸과 맘을 꽃심으로 이겨냈다. 소수서원紹修書院에서 퇴계 이황은 그에게 "사람이 금수와 다른 것은 글이 있기 때문이다. 신

---

14) 반찬을 담는 접시, 종지 따위를 통틀어 이르는 말

분을 탓하지 말고 더욱 정진하라." 하고 격려했다. 인동초가 연상되는 삶이다.

황금같이 빛나기 위해 소탕 속 불꽃쇠는 풀무질의 뜨거움을 견디어낸다. 방짜 아재의 모칼은 10mm 쇠봉에 G2 바이트를 용접해서 만든다. 칼은 방짜의 검은 산화 피막을 깎아낸다. 지렛대를 가로지른 칼대에는 힘이 있다. 이 모칼이 지나면 노란 놋쇠가 제 모습을 드러낸다. 이어 중칼과 평칼로 살을 깎아내는 연마의 고통이 방짜의 속살을 가른다. 마침내 뼈를 깎는 아픔을 견뎌내고서야, 방짜 유기 반상기가 되었다. 물김치를 담고 찬기가 젓가락을 기다린다. 점심을 먹고 공방 담에 핀 인동초를 보며 여유로운 시간을 보낸다. 아재의 눈 속에 들어온 인동초는 경비실 옆 놋뜰 담에 기대어 인사한다.

익산 서동 축제장에서 주변의 산야초를 가지고 찻자리를 한 적이 있었다. 산야에 무수한 들꽃이 찻자리로 옮겨져서 한 폭의 생화 그림으로 전시되는 순간이다. 작은 풀꽃이 좋다. 올망졸망 귀여운 풀꽃들의 이름은 특이하다. 긴병풀꽃, 괭이밥, 쥐손이풀, 개망초 등 이름에서 꽃들의 정체성이 자연스레 묻어난다. 길게 자란 인동초 덩굴로 차탁을 덮은 다포 위에 연출하면 자연을 옮겨놓은 찻자리가 된다.

방짜 유기 다식 접시에 놓인 생강과 유과는 소담스럽다.

얼음 띄운 유리잔에 붉은 오미자차가 분위기를 더한다. 방
짜 유기 찬기에 담긴 물김치를 생각해 본다. 한겨울에 방짜
유기에 담긴 하얀 물김치는 이빨이 시리고 동시에 시원한
느낌을 준다. 열기가 후끈한 공방에서 바라보는 놋뜰애愛
정원 저편 담벼락에 핀 인동초가 시원하게 위로한다. 찬기
를 가질하던 방짜 아재는 경비실 주변에 핀 노랗고 하얀 인
동초를 물끄러미 감상하고 폰카를 들이댄다. 찬기 속의 인
동초 자연 다화는 쉼이다.

07
'금계국' 방짜 와인 통 고르기

"가서 와인을 골라야 한다면 어떻게 하겠는가? 가장 좋은 방법의 하나는 최근에 읽었던 와인에 대한 기사에서 추천한 와인들을 기억해 보는 것이다. 아니면 아예 그 기사를 스마트폰에 저장해서 가져가면 어떨까?"

김윤우 작가의 『와인 한 잔에 담긴 세상』에 소개된 내용이다. 와인을 전혀 모르는 나는 이 책이 생소하다. 일상에서 쉽게 와인을 선택하고 생활 속에서 취향이 비슷한 사람들과 소통하는 방법을 제시하고 있다. 방짜 아재인 나는 와인 통을 가질한다. 어떤 사람이 얼음에 잠긴 화이트 와인을 즐기며 어떤 이야기를 나눌까 상상해 본다. 태양빛 아래서 노란 금계국이 웃는다.

금계국이 한창이던 여름날, 미장원에 가서 원하는 머리 모양을 설명하기 힘들 때 잡지에서 보아둔 사진을 오려가서 보여주듯이 와인 기사를 폰에 저장한 후에 '샤르도네' 화이트 와인을 구매했다. 방짜 와인 통에 얼음을 넣었다. 시원하다. 갈증을 잊기에 충분하다. 아 이런 거구나! 금계국의 꽃말은 '상쾌한 기분'이다. 노란 꽃잎들을 보면 기분이 좋아진다. 와인의 영향일까? 와인 병에 금계국 다화를 했다. 일상의 소소한 행복이다.

"금속은 열을 가하면 열 풀림 현상으로 연해지며 두드리면 두드릴수록 단단해지는 가공 경화성을 가지고 있다. 특히 주석은 무르지만 열에 강한 물질로, 달궈져 있는 동안엔 아무리 두드려도 깨지지 않는다. 지속적인 열처리로 주석의 취약한 성질을 극복한 뒤 단조로 놋쇠를 열간가공하면 잘 깨지지 않고 견고하면서도, 실용적인 용기를 만들수 있다."

국립중앙과학관 윤용현 박사가 놋쇠의 물성을 기고했다. 그 물성을 기초로 만들어진 방짜 와인 통의 가질 준비는 먼저 회전체인 작키에 맞는 머리목을 끼운다. 이때 균형을 잡아주는 것이 매우 중요하다. 현장에서는 싱을 잡는다고 한다. 와인 통과 같이 긴 기물은 회전하며 떨기 때문이다. 다음은 안쪽을 먼저 가질해야 한다. 엇베기를 먼저 가질하면 외경이 일정치 않게 되어 머리 목에 꽉 끼워지질 않아서 가질할 수 없기 때문이다.

안지름이 깊은 기물은 질대에 고정한 받침점과 방짜 와인통의 내부를 깎는 칼끝에 붙은 작용점과의 거리가 멀어진다. 이 때문에 힘점인 칼대 손잡이엔 가질 대정의 힘이 많이 가해진다. 그럴 뿐만 아니라 떨림도 심해진다. 방짜 아재는 물리학의 지렛대 원리를 응용한 전승 가질로 황금빛 방짜 와인통을 만든다. 알고리즘을 만들어 볼 수는 없을까? 방짜는 보온보냉이 좋다. 신선한 텃밭 유기농 채소를 섭생하려면 부지런함이 필요하다. 방짜 유기도 주방에서 벗어나지 않도록 부단히 사용해야 녹스는 것을 막을 수 있다.

초보자는 어떻게 방짜를 쉽게 고를 수 있을까? 최근에 읽은 기사나 지인의 사용 후기를 보고 고르면 도움이 된다. 현재화 된 놋그릇은 업주의 소신이 품질을 좌우한다. 오랫동안 고집스럽게 지켜온 그만의 철학과 고집은 액티브 시니어에게 종갓집에서 한식을 먹는 것과 같은 쉼과 에너지를 제공한다. 이런 점을 참고하여 고르면 좋겠다.

08
'세 잎 클로버' 놋뜰애愛 행복

"네 잎 클로버의 꽃말은 '행운'이지만
세 잎 클로버의 꽃말은 '행복'입니다."

정연복 시인의 〈클로버〉의 한 소절이다. 토끼풀이 운집되
어 있는 풀밭에 머리를 디밀고 네 잎 클로버를 찾는 것은 행
운을 바라는 것이다. 어쩌다 찾기라도 하면 이미 행운이 와
있는 것처럼 과장연기를 하였다. 지천으로 행복이 널려있음
에도 행운만 찾아다닌 모습이다. 평범한 것들에서 기쁨을
느끼는 마음이 내게 주어지기를 기도한다. 세 잎 클로버를
폰카로 찍으며 그동안 몰라봐서 미안해한다. 행복이 주변에
많이 있음을 이제야 안다.

"살아 있는

모든 이웃들이 다

행복하라,

태평하라,

안락하라."

법정 스님 잠언집인 『살아 있는 것은 다 행복하라』 중에 있는 내용이다. 풀꽃 길을 걸으며 놋뜰에서 고개를 숙이고 이름도 모르는 못 보던 풀꽃을 찾으면 보물찾기 한 기분으로 즐겁고 행복해진다. 유기 대장간에서 단순 반복적으로 꽹과리를 만들다 보면 어느 틈엔가 오도 가도 못 하는 적막강산에 갇혀있는 느낌이다. 그때 비로소 순수한 방짜 아재는 둘레 사물과 일체감을 가진다. 새삼스럽게 홀로 살아있음을 느끼면서 말이다.

"무슨 소리를 듣고,

무엇을 먹었는가.

그리고 무슨 말을 하고

어떤 생각을 했으며

한 일이 무엇인가."

〈현재의 당신〉에서 이것은 나를 만들어가는 과정이라고 한다. 정체성이라는 거창한 담론을 들추지 않아도 알 수 있다. 오늘은 함께라서 가치가 있는 방짜 유기 대장간과 공예 생활 공동체 안에서 사람들과 부대낀다. 집 밥과 공장 밥을 먹으며 공방 정원에서 들꽃과 산야초를 폰카에 담는다. 매일매일 방짜유기 깎는 일을 열 시간이나 하는 방짜 아재다. 때로는 행복하고 때로는 언쟁을 하기도 하지만 일상에 답이 있다고 생각하고 성실하게 노력하고 인내한다.

깨달음에서 오는 기쁨을 지속적으로 공부하기 위해선 구분하며 반복하고 이해한 후 암기해야 한다. 이때 우리의 제대로 된 공부는 암기된 지식이 인출될 때 기쁨을 누릴 수 있다. 살아가면서 용서할 일이 많이 생긴다. 기도를 해야 하는 이유다. 그래야 극복할 힘이 생기기 때문이다. 비로소 포용의 힘이 생기고 사랑할 힘이 생긴다. 그때에 우리는 범사에 감사할 수 있다. 항상 기뻐하기 위해 살아있는 모든 이웃을 위해 쉬지 말고 기도하고 범사에 감사하며 행복하게 지내자.

"행복(幸福, 영어: happiness)은 자신이 원하는 욕구와 욕망이 충족되어 만족하거나 즐거움을 느끼는 상태, 불안감을 느끼지 않고 안심하거나 또는 희망을 그리는 상태에서의 좋은 감정으로 심리적인 상태 및 이성적 경지를 의미한다."

〈네이버 사전〉

09
'생강나무꽃' 기다리는
자선냄비 방짜 종

자선냄비의 종은 놋쇠로 만든다. 종이 울리면 봉사자의 노고에 감사하며 십시일반으로 자선냄비에 기부금을 넣는다. 봉사를 부르는 종소리는 하나의 악기가 되어 연주된다. 놋쇠 작가는 자기가 하고 싶은 일을 하면서 남을 돕는 사람들을 본다. 그들은 늘 '어떻게 도울 수 있을까?'를 생각하며 매일매일을 보낸다. 타고난 성품이다. 종이 울리네! 꽃이 피네! 새들의 노래, 웃는 그 얼굴이다.

새벽종 소리를 들으며 자라난 방짜 아재는 이제 시니어가 되었다. 사회에서 받은 사랑을 사회에 환원할 나이가 되었다. 설중매가 지나가면 봄의 전령사 생강나무꽃이 온다. 성미는 맵고 따뜻하다. 이른 봄에 잎보다 노란 꽃이 먼저 피는 나무다. 자선냄비의 종소리가 봄을 기다리게 한다. 남에게 피

해는 주지 말자고 생각하며 살아가는 신중년이다. 신중년이
되면 어릴 적 소원했던 일을 하고 싶어진다. 취향 공동체에
서 각자의 재능을 교환하며 나눈다. 할 수 있는 일을 나눈다.
모두가 행복한 신중년이 되는 길이다.

"지금, 이 순간 새로운 길을 택한 후 잔뜩 긴장한 채 문
앞에 서 있는 사람이 있다면 이렇게 말해주고 싶다. 나도
지금 당신과 똑같은 처지이고 똑같은 마음이라고, 그러니
당신과 나 우리 둘이 각자의 새로운 문을 힘차게 두드리
자고. 열릴 때까지 두드리자고. 힘들어 포기하고 싶을 때
마다 나는 당신을 생각할 테니 당신도 나를 생각해 보라고.
그래서 마침내 각자가 두드리던 문이 활짝 열리면 서로의
어깨를 감싸 안고 등 두드려주며 그동안 애썼다, 수고했다,
진심으로 축하한다는 말을 해주자고."

한비야 작가는 『그건, 사랑이었네』에서 이야기한다. 어떻
게 우리는 다른 사람 안에 있는 싹을 발견하고 북돋워 주는
사람이 될 수 있을까? 살다 보면 느낌이라는 직관력이 발달
한다. 꼭 직관이 아니더라도 타고난 재능이 있는 사람을 만
난다. 머리가 좋든지 손재주가 비상하다든지 봉사하기를 좋

아하든지 각자의 재능이 있기 마련이다. 그 정체성을 위해서 중보기도를 하는 사람이 많이 있어야 한다. 싹을 발견한 것은 축복이다. 기도하고 축복하자.

재취업한 흰머리 소년은 방짜 종의 검은 산화 피막을 칼대로 벗기고 있다. 원자재는 시뻘건 용해로에서 쇳물이 된 놋쇠 액을 물판이라 부르는 틀 위에 바둑알 모양으로 부어 만든다. 용해 아재의 사투에서 나온 기물이다. 소탕에 들어갔다 나오기를 반복하며 압연되어 성형되고 담금질한 후에 비로소 가질하는 것이다. 울면 울음 잡고 두 소리가 나면 재차 울음을 잡아 청아한 소리를 만든다. 종의 손잡이는 자연 목木이다.

훌륭한 아버지가 되기 위하여 문을 두드린다. 성실하게 인내하며 열심히 노력한다.

어떻게 놋쇠 작가는 가족의 존경과 사랑을 듬뿍 받을 수 있을까? 생각하며 살아가는 시니어다. 반대 방향으로 뛰면서 혼자만 잘 가고 있다고 생각한 것은 아닐까? 생각해 보자. 함께 행복해야 한다. 균형이 필요하다. 새로운 종을 치자. 함께 만든 방짜 종을 치자. 사랑의 종을 치자. 행복의 종을 치자. 골든 벨을 울리자. 봉사는 사랑이다. 자선냄비의 방짜 종은 사랑을 알리는 종이며 사랑이다.

10
'쇠별꽃' 방짜에 담은 따듯한 즐거움

"작디작게 피기

희디희게 피기

숨소리에 간닥이는

찾아 주는 너에게로 강한 의미가 되자고"

김기수 문인의 〈쇠별꽃〉이다. 숨죽여 조용히 조그만 게 하얗게 피는 쇠별꽃은 꽃의 본질을 자랑스럽게 내놓고 자랑하지 않지만, 나에겐 강하게 다가온다. 화려하지도 초라하지도 않지만 얌전하게 피어있는 쇠별꽃은 어서 함께 별이 되자고 여기저기서 아우성이다. 공방 정원에 물끄러미 앉아 쉴 때면 고개를 내밀고 하얗고 작은 손을 내밀고 대화를 청한다. 여기저기 지천으로 쇠별꽃은 하늘을 향해 난 너를 알아, 하고 말하듯 피었다. 화려하지 않고 얌전한 쇠별꽃처럼 성실하게 주변에 말을 걸으며 하늘을 본다. 함께 별이 되자고 좌우 옆의 동료 동기에게 서로 격려한다.

"사람은 무엇으로 사는가
톨스토이는 스스로에게 묻고 또 대답합니다.
사람은 무엇으로 사는가?
사랑으로 산다!"

안하림 작가는 사람과 사랑과 삶은 동의어라 한다. 사람은 사랑으로 살아가는 존재라는 말이다. 판단하지 않고 존재로 보아주는 그 자체가 삶이자 사랑이다. 일상에 용서의 가치를 더한 삶이다. 사랑으로 돕는 삶에서 열매가 맺힌다. 그 흥의 열매는 행복이다. 아름다운 사람은 늘 푸르다. 아침 햇살이 풀잎에 비칠 때 맺혀있는 이슬과 같은 사람이다. 아름다운 마음을 간직한 소박한 삶은 사랑 일기를 쓴다.

"언제 보아도 언제 바람으로
스쳐 만나도
마음이 따뜻한 사람

밤하늘의 별 같은 사람을

만나고 싶다."

정안면의 〈아름다운 사람을 만나고 싶다〉의 한 소절이다. 푸른 잎새로 살아가는, 유혹 앞에서도 의연한 사람, 온화한 사람이 좋다. 우리는 열매를 맺기 위해 뿌리에서 보이지 않게 용을 쓰고 있다. 사랑의 존재로 같이 사랑하며 살아가는 것이다. 이것이 함께하는 가치다. 용서에 이해를 더하고 사랑을 실천하는 가치가 흥이다. 푸르른 흥, 마음이 따뜻한 흥, 묵묵히 소박하게 살아가는 흥. 이것이 행함이다. 따뜻한 즐거움이다.

우리는 사랑으로 산다. 항상 마음이 푸른 사람이다. 쇠별꽃처럼 곱게 간직한 사랑의 존재가 우리다. 때로는 혼자, 때로는 같이 이겨내며 위로하고 함께해야만 방짜가 만들어진다. 방짜는 천년 동안 변하지 않는 황금빛 색채 속에 가치와 흥을 가지고 있다. 이 소리와 사랑의 열매는 행복이다. 선조들은 오랜 세월을 함께 온화한 미소로 흥과 따뜻한 즐거움을 만들고 사용하며 방짜를 누렸다.

사랑의 가치는 '함께'다. 함께 가치를 만들고 그 흥을 누리면 행복이다. 방짜는 같이 만들어야 한다. 이 가치에 흥을 더

하는 삶은 아름답다. 그것이 사랑이다. 사랑은 용서에서 나
온다. 용서는 가장 큰 힘이다. 가족이 되었을 때만이 용서할
수 있다. 사랑으로 도와 용서에 이르는 가치가 사랑이다. 이
에 더하여 형제와 우애하는 것은 사랑 안에 사는 흥이다.
그 흥을 누리자. 같이 행복하자.

11
'장미' 한 송이 놋뜰애愛

"네가 오후 4시에 온다면 나는 3시부터 행복해지기 시작할 거야. 시간이 갈수록 난 점점 더 행복해지겠지. 4시에는 흥분해서 안절부절못할 거야. 그래서 행복이 얼마나 값진 것인가 알게 되겠지!

이제 내 비밀을 가르쳐 줄게. 매우 간단한 비밀이야. 뭐든지 올바르게 볼 수 있는 것은 마음으로 보는 것밖에 없다는 이야기란다. 중요한 것은 절대 눈에 보이지 않는단 말이야, 네 장미를 소중하게 만드는 것은 바로 네가 장미를 위해 쏟은 시간이야."

생텍쥐페리의 『어린 왕자』에서 여우가 이야기한 장미와의 관계다. 살아가면서 우리는 많은 사람을 만나게 된다. 때로

51

는 갑이 되기도 하고 또한 을이 되기도 한다. 비즈니스 관계에는 영원한 갑도 영원한 을도 없다. 하지만 사랑의 관계 속에서는, 누군가에게 길들여지기 위해서 소중하게 받은 사랑의 분량이 중요하다는 생각이 든다. 나와 우리가 서로에게 쏟은 시간과 정성이 사랑이라는 것이다.

놋뜰애愛 장미가 딱 한 송이만 땅에서 올라왔다. 잡풀 속에 한 송이만 올라온 장미가 안쓰럽고 돌봐야 할 것 같은 생각이 든다. 어린 왕자가 자기 별에 두고 온 장미가 저런 모습일까. 바람이 불면 바람막이를 해주어야 할 것 같다. 장미가 내게 요청하지도 않았는데 왜 그런 마음이 들까, 이것이 길들여지는 걸까?

가질간 앞 송이버섯처럼 다듬어진 소나무 옆 풀꽃 길에 홀로 핀 유난히 붉은 장미 한 송이다. 이 한 송이 장미에 싱그러운 풋사랑이 투영되었다. 뭐든지 올바르게 보는 방법은 마음으로 보는 것이라 했다. 눈으로는 보이지 않는 중요한 것은 무엇일까? 사랑이라고 단정 지으면 실없는 사람일까? 풀 속에 섞여 한 송이만 올라온 장미를 돌보아야 한다는 생각은 사랑의 관계가 시작되는 것일 게다. 어떻게 돌봐주어야 할까? 야생의 장미는 스스로 자양분을 머금고 피어난다. 때로는 흔들리고 연약한 미소와 웃음으로 사랑을 얻으며 이겨낸다.

사랑은 의무를 동반한다. 자연 속에서 잘 자라는 장미지만 관심을 가지고 대화를 한다. 무엇을 좋아하는지 요즈음은 무엇을 왜 하는지도 물어본다. 잔소리도 들어준다. 오늘은 기분이 어떠냐고도 물어본다. 야생하는 장미는 어떻게 사랑해야 하는지 방법이 서툴다. 어찌할 줄 모르고 맘으로만 사랑한다. 유기 대장간에서 불꽃쇠와 씨름하는 방짜 아재들도 그렇다. 묵묵히 하루하루 일과에 성실하고 충실하다. 옆에 있는 불꽃쇠가 무얼 필요로 하는지 무얼 원하는지 가끔은 같은 생각을 가지고 한 방향을 바라본다.

놋뜰애愛 가늘게 홀로 핀 한 송이 장미는 어린 왕자의 장미다. 그 장미가 아재에게도 다가왔다. 아침 7시에 출근하는 아재를 위해 6시부터 네가 행복했으면 좋겠다. 붉은 장미꽃이 실바람에 목만 살랑거린다. 좋은 친구와 같은 사랑의 관계가 형성되었다. 온종일 장미는 방짜 아재를 귀찮게 한다. 물 주세요. 바라봐 주세요. 붉은 장미는 미소를 지으며 살랑거린다. 싱그러운 에너지가 아재에게 전달되는 순간이다. 그 힘으로 유기 대장간엔 웃음꽃이 피어난다. 길들여지고 있다.

2
쇠잽이의 불꽃쇠

쇠잽이의 불꽃쇠

일명 놋쇠 작가는 개인적 호기심이 발동하여 뜬쇠(남사당놀이에서, 꽹과리 놀이 분야의 우두머리)와 상쇠(두레패나 농악대 따위에서, 꽹과리를 치면서 전체를 지휘하는 사람)의 소리와 연주습관을 분석하고 싶어 꽹과리 제작에 따른 열세 번의 공정에 13명의 쇠잽이(꽹과리를 치는 사람을 일컫는 말)를 등장시켰다.

12
'계요등' 첫 번째 '용해' 불꽃쇠

"가슴 울려주던 클라리넷 선율 멈추고
둥근 열매마저도 떨어져
누렇게 찌그러진 얼굴 되어도
서로 아픔 달래며 마주하는
행복한 시간 만들고 싶구나."

김승기 시인의 〈계요등〉이 눈에 들어왔다. 가장 낮은 곳에서 팔을 벌리고 있다고 했다. 하지만 냄새를 풍겨 적당한 거리를 두게 하는 계요등이다. 너무 바짝 다가가지 않고 일정한 거리를 두는 사랑법은 파경을 예방한다. 야멸찬 고향 바다의 시리도록 아픈 바람만큼이나 오늘 이 뜨거운 불볕더위에서 불꽃쇠 방짜 아재는 이 서러운 바람을 느낀다. 걱정하는 아재에게 또 다른 작업자는 "그렇다고 일을 안 할 수는 없잖아요." 냉소 어린 한마디가 가슴에 비수처럼 꽂히는 것은 이심전심이기 때문이다.

"울림이 많은 소리. 저음을 선호한다. 강한 쇠가 너무 많이 울리면 좋지 않다(숫쇠) – 땡그랑 소리가 많이 나고 듣기 좋지 않다. 연한 쇠(암쇠)가 좋다. – 암쇠를 많이 친다. 징 소리 울림같이 퍼져나가는 소리, 얇은 소리가 좋다. 철철 거리는 소리, 깨진 소리와 같이 지르륵 지르륵 소리가 나는 것이 좋다. 사물놀이에서는 땡땡거리는 소리가 좋을지 몰라도 판굿칠 때 센 것을 치면 듣기가 싫다. 상쇠는 암쇠(연한 놈, 얇은 것, 낮은 소리)를 치고 부쇠는 숫쇠(센 놈, 두꺼운 것, 땡땡한 것, 높은 소리)를 친다."

김경희의 〈꽹과리 음향 선호도 조사 보고서〉에서 박용택 이리농악 쇠잽이가 좋아하는 소리다. 또 연구자는 "꽹과리 제작과정에서 전문가와 초보자용을 구분하여 보다 정밀하게 만드는 것이 아니라 제작자의 느낌으로 제품을 만들고 적당히 울음질(벼름과 가질)하여 완성품을 만들고 있다."라고 현실적인 한계를 지적하고 있다. 현장에서는 수요를 미리 예측하고 현금 흐름에 맞추어 수량을 정하기 때문에 이와 같은 방법으로 제품을 생산할 수밖에 없는 것이 현실이다. 하지만 좋아하는 소리를 핸드폰에 녹음하여 주면 소리 스펙트럼 앱을 활용해서 인터랙티브로 개별 맞춤형 제작이 가능하다. 그러나 그것도 연주자의 연주습관과 체형에 따라 다른 타격의 정도를 측정한 후의 일이기 때문에 맞춤형 제작에는 많은 어려움이 있다.

계요등을 보면서 오늘도 활기차게 출근하여 일하는 불꽃쇠 방짜 아재다. 용해 현장에서 안전에 관한 상황이 발생하지나 않을까 걱정하며 가질 작업을 수행한다. 이제는 유기 대장장이가 다 되었나 보다. 용해로의 쇳물이 혹시나 수소 분해가 되어 터지지나 않을까 걱정이 되기 때문이다. 불판에 부은 물이 끓지 않은 상태인데 쇳물을 부으면 폭발하기 때문이다. 날씨도 너무 덥다. 이런 더운 날에는 쇠를 녹이는 작업자들도 비지땀으로 지친다. 이 용해[15] 꽹과리 불꽃쇠는 쇠잽이[16] 박용택이 선호하는 이리풍물굿 꽹과리 소리의 첫 단계 불꽃쇠이다.

익산 2공단 초입 광전자 회사의 향나무 담에 피어있는 클

15) 고체의 물질이 열에 녹아서 액체 상태로 되는 일
16) 꽹과리를 치는 사람을 일컫는 말

59

라리넷같이 생긴 꽃이 계요등이다. 닭똥 냄새가 난다고 해서 붙여진 이름이다. 용해로와 가질간은 조금 떨어져 있긴 하나 한 현장에 노출되어 있다. 조금이나마 떨어져 있기에 다행이다. 기도하는 마음으로 안전사고가 없기를 빈다. 방짜 아재들은 삼십 년 이상의 경력자로서 이런 상황에서도 작업을 의연하게 진행한다. 일을 안 할 수는 없기 때문이다. 정말 도인들이다. 인류의 조상 아담과 하와의 원죄에 대한 대가를 지급하는 수행자들이다.

계요등의 사랑을 깨닫고 평정심을 되찾아 작업에 임한다. 그래도 내일은 내일의 해가 뜰 것이다. 우리는 매일매일 희망 속에 산다. 잃어버린 것들에 애달파하지 말자. 오늘 살아 있음에 감사하자. 나와 우리에게 축복이 함께하기를 바란다. 평안함이 함께하기를 빈다. 일상에 묻는다. 용해는 왜 하는지? 계요등과 무슨 관계가 있는지? 용해된 불꽃쇠는 꽹과리를 만드는 원자재지만 현장에선 항상 조심해야 한다. 계요등은 일정한 거리를 유지해야 닭똥 냄새를 피할 수 있다는 교훈을 준다. 새벽 출근길에 잘 다녀오시라고 인사하는 또 다른 가족인 풀꽃을 품었다.

13
'보리뺑이' 두 번째 '압연' 불꽃쇠

"메마른 축대 틈에 피어난 보리뺑이
네 신세도 참 가련하다.
저 좋은 들판에 끼지 못하고
남들은 두 자 세 자 무성할 때
한 자도 못 되고."

김종태 〈보리뺑이〉는 '순박한'이 꽃말이다. 보리뺑이는 질
긴 생명력을 지녔다. 방짜유기 제작업에 종사하는 비주류 방
짜 아재는 가족의 행복을 꿈꾸며 산다. 전통 공예 핸드메이
드에 종사하는 사람 대부분이 그렇다. 보리뺑이도 공방 정원
에 있는 과실나무나 관상용 꽃들과 비교하면 뒷전이고 소외
되어 있다. 이 노고로 사십 대에 머리가 희고 주름진 얼굴로

한탄하며 아파트 숲을 본다. 돌아서는 길 축대 사이에 핀 보리뺑이에 동병상련의 연민을 느낀다. 개발 시대에 비주류와 먹거리가 아닌 풀꽃은 관심에서 비켜나 있다. 그런 보리뺑이가 좋다. 한국이 원산지이기 때문이다.

꽹과리 제작을 위해 두 번째로 불에 들어가는 압연 불꽃쇠는 진주 삼천포 풍물굿의 김선옥 쇠잽이가 원하는 콘셉트를 위함이다. "딱히 얘기할 수 없지만 맑은 소리가 나는 것이 좋고, 여운이 긴 것을 좋아한다. 꽹과리를 고를 때에는 맑은 소리가 나는 것을 고른다. 우리가 쓰는 꽹과리는 한 가마니를 찾아봐도 한 개 고르기가 어렵다. 꽹과리 소리가 각기 다른데 지도는 어떻게 하는가? 판을 할 때 주로 4명이 하는데 제일 쇠잽이는 맑고 강한 것을 쓰게 하며 부쇠들은 조금 탁하고 약한 꽹과리를 쓰게 한다."

김경희의 〈꽹과리에 대한 보고서〉에서 그는 외할아버지 강두근과 6살부터 첫 대회에 나가 소고를 쳤다. 꽹과리는 진주 풍물굿 상쇠인 황일백 선생님한테서 66년부터 배웠다. 조판업 선생님에게 12발 상모와 소고를 배우기도 했다. 74년부터 문백린 선생에게 삼천포풍물굿을 배웠고 선생님들이 타계한 80년 이후로 꽹과리를 쳤다. 김선옥 쇠잽이의 소리를 위해 방짜 아재들은 소탕에서 달구어진 시뻘건 바둑알을 열간 압연 롤러Roller로 보낸다. 꽹과리 여운의 차이는 치는 사람보다 만드는 사람의 영향이 크다고 한 그의 말을 기억하면서.

압연 아재들의 합창이 들린다. 쿵 불꽃쇠 바둑알이 소탕에서 나오면 손에 든 집게로 집어든 보리빵이 같은 불꽃쇠가 수 톤의 롤러 밑으로 들어간다. 뿌연 연기 속에서 핸들을 돌리는 모습은 마도로스 폼새다. 건너편으로 산화 피막이 입혀진 방짜 판재가 나오는데 시꺼면 불꽃쇠는 마치 피자 판을 닮았다. 굉장한 압력과 불을 이겨낸 것이다. 화덕 밑에 쌓아놓은 뜨거운 방짜판 무더기가 만족감을 준다. 유기 대장간의 풍경이다.

압연 불꽃쇠의 일부는 황금빛 방짜유기가 되어 보리빵이 풀꽃 다화와 함께 찻자리를 함께하는데 둘 다 질긴 생명의 원천을 지닌다. 쉼을 위해서이다. 수를 놓은 단아한 다포 위 방짜 다식접시엔 안심 먹거리가 담겨있다. 섭생이 중요하기 때문이다. 소탕 속 무리 진 불꽃쇠 바둑알은 순박한 아재들의 무진 땀과 함께 기물로 제작되어 테이블에서 완성된다. 다구 세트가 되어 바쁜 현대인을 위로한다. 보리빵이에게 충전을 받은 아재들이 황금빛 반상기를 만든다. 전통과 신토불이로 일상을 이야기한다. 성실과 인내가 평안으로 이끄는 방향이라고.

　방짜판을 힘써 압연한 후 쉬는 때 물끄러미 보는 정원에 보리뺑이가 눈에 보였다. 방짜 아재를 반기는 작고 노란 꽃이 사랑스럽고 정이 간다. 쉼을 주는 보리뺑이는 행복에너지다. 개발시대에 밀려 더 외곽으로 멀찌감치 쫓겨나 불암산 중턱까지 간 보리뺑이나 원산이 같은 놋그릇은 취향이 같은 사람들에게 사랑을 받는다. 압연 불꽃쇠와 보리뺑이는 황금빛 노랑꽃이다. 작은 바람에도 흔들리는 보리뺑이를 관찰하는 방짜 아재도 황금빛 희망이 있고 꿈이 있다. 극한의 직업을 가졌지만, 풀꽃을 품고 소통하는 소달구지이기 때문이다.

14
'주름버섯' 세 번째
'방짜 판' 불꽃쇠

　익산 부송동 동아아파트 건너편 광전자 앞 쌈지공원 푸른 초장에 피어있는 흰 모자 모양의 버섯이 눈에 띈다. 며칠 전부터 저게 무슨 버섯일까, 궁금했다. 방짜 아재는 발걸음을 멈추고 폰카를 들이댄다. 땅 위에서 무리를 지어 자라는 이 버섯은 주름살이 떨어져 있고 흰색 붉은색 갈색으로 변한다. 푸른 잔디 속에 흰 속살을 드러내고 웃는 주름버섯이 출근 시간이 늦었으니 빨리 가라고 성화다. 북한명은 들버섯이다. 남한도 전에는 들버섯이라고 했으나 현재는 주름버섯이라고 한다. 빨리 몇 장을 찍은 후에 발걸음을 재촉했다.

　금요일 오전 유기 대장간의 분위기가 싸하다. 벼름 아재가 엊저녁에 또 술을 마셨나 보다. 주섬주섬 옷을 입고 나가신다.

해머 아재가 머리에 두건을 쓴 채로 이야기 좀 하자고 붙잡는다. 벼름 아재는 뿌리치고 가버리고 나머지 아재들은 무심히 각자 일을 한다. 버너의 불꽃이 소탕 속에서 타원형의 넓고 납작한 방짜판을 시뻘건 불꽃쇠로 만든다. 집게로 옮겨져 둥글게 원 모양으로 절단되어 방짜 원자재가 만들어지는 순간이다. 만들어진 원판은 꽹과리와 반상기 등 필요에 따라 각각의 기물로 생산된다. 현장이 안정이 되고 나니 버섯이 궁금하여 인터넷으로 검색했다.

"주름버섯의 특징은 균모의 지름이 5~10cm이고, 둥근 산 모양에서 차차 편평한 모양으로 된다. 표면은 백색에서 황적색으로 되고 비늘 조각이 있으며, 가장자리는 어릴 때 안으로 말린다. 살은 백색인데 상처를 입으면 붉은색으로 변한다. 주름살은 끝 붙은 주름살이고 분홍색에서 자갈색을 거쳐 흑갈색으로 된다. 자루의 길이는 5~10cm, 굵기는 0.7~2cm이고, 밑은 가늘고 백색이다. 자루 속은 처음에 살로 차 있다가 나중에는 살이 없어져 비게 된다. 턱받이는 백색의 얇은 막질로 떨어지기 쉽다."

네이버 지식백과엔 학계에서 식용으로 분류한다고 했다.

독성이 약하기 때문이란다. 두런두런 이야기하며 일하는 유기 대장간 풍경이 일상으로 돌아왔다. 시보리[17]간(돌림판으로 둥근 기물을 성형하는 작업실)에선 반상기를 성형하고 광간에선 방짜 팔찌 원자재를 구부리느라 열심이다. 가질간에서는 가질 대정이 꽹과리 울음이 안 잡힌다고 볼멘소리를 한다. 꽹과리를 제질[18](부질이라고도 한다)하는 아재는 뾰로통하여 벼름질 하는 아재에 대해 이야기를 한다. 방짜 아재는 여전히 주름버섯을 생각한다.

세 번째 불꽃쇠는 양진성 임실 필봉 풍물굿 쇠잽이 콘셉트다.

"요즘 꽹과리들은 주로 사물놀이 위주로 만들어져 있다. 옛날 풍물 치는 선생님들은 징을 칠 때 징 소리가 산을 세 번 넘는 정도의 여운을 가지고 있었는데 요즘 사물놀이의 징은 꽹과리나 장구에 영향을 준다고 해서 여운이 짧고 날카로운 소리가 난다. 그렇다고 본다면 풍물의 밑바닥 뿌리가 흔들리고 있지 않은가. 풍물의 형식이나 가락은 예전 것을 쫓아가는데, 악기에서 울려 나오는 소리는

---

17) 방짜판을 성형하는 자동 스피닝기에 버너의 불을 직접 가하는 장치
18) 꽹과리의 전두리를 구부려 기물 끝부분의 아가리를 좁히는 성형 작업 공정

여운이 없이 끊어져 버린다."

　김경희의 〈꽹과리 음향 선호도 조사 보고서〉에는 꽹과리 음량이나 음색에 따라 연주의 차이가 난다는데 맞는 말이다. 무당들이 푸닥거리를 할 때 치는 꽹과리와 무대의 풍물용 꽹과리는 다르게 쓰여야 한다. 그렇지 않으면 듣기가 곤란하다. 예전에 상쇠들은 꽹과리를 샀는데 너무 소리가 맑으면 일부러 깨서 약간 쉰 듯한 소리를 찾았다며 양진성 쇠잽이가 대담에서 이야기한다. 그가 선호하는 꽹과리 소리는 장구 음색하고 어울려야 하기 때문에 일정하지 않다고 한다. 울림은 사물놀이용보다는 길어야 하고 소리가 딱딱한 것보다는 맑은 소리를 기준으로 한다.

　한 조가 되어 판을 따는 일은 소탕 속에 불꽃이 적정한지 주변에 화기나 안전사고 요인은 없는지 늘 확인한다. 불꽃쇠가 잘 달구어졌는지 서로의 눈빛을 보며 호흡을 맞춘다. 한바탕 불꽃쇠가 춤추고 나면 크고 작은 원으로 만들어진 방짜 판이 쌓인다. 판 따는 아재가 한바탕 땀을 흘리고 기차 시간에 맞추어 좀 일찍 퇴근한다. 오전이 지나고 점심시간인가 보다. 초원에 무리 지은 주름버섯의 신세나 방짜 아재나 모두 자연의 한 부분이다.

　일상이 우리에게 묻는다. 왜 늘 유기 대장간에는 이런저런 이야깃거리가 많이 있는가? 소란스러움과 불협화음은 우리가 살아있음을 보여준다. 서로 다름을 말한다. 정원에 새들이 왔나 보다. 가질간에 쨱쨱 소리가 들린다. 반상기 깎는 방짜 아재의 칼을 대는 소리가 서걱 서걱 리듬을 탄다. 금요일이 좋다. 2시 이후 퇴근시간부터는 쉼이 있기 때문이다.

15
'달개비꽃' 여섯 차례
불꽃소로 '우김질'

"풀숲에 들어앉아
잡초로 불려도 거리낌이 없는
그토록 고운 당당함이여

오래 헤어져 있다가
다시 만나 반가운
소꿉동무의 웃음으로
물결치는 꽃"

　이해인 수녀의 달개비꽃이 시어를 줄 만큼 예쁠 때가 바로 이슬을 머금은 때다. 지천에 많아서 남빛 물감으로도 쓰고 마디를 꺾어 심으면 바로 생장하는 끈질긴 생명력과 번

식력을 가졌다. 하늘을 담은 동심의 노래를 품고 있어 시인에게도 남빛의 어여쁜 끝동을 달아준다. 예초기로 공방 정원의 잡풀을 제거해 한동안 풀꽃들을 볼 수가 없었다. 비가 그친 오전에 촉촉이 젖은 공방 정원에서 오랜만에 보물찾기를 하였다. 달개비꽃이 피기 시작했다. 달개비꽃은 닭의장풀이다. 가을 하늘보다 맑고 바다보다 파란 꽃잎, 하늘빛 파란 나비가 앉아있는 듯 아름답다.

　달개비꽃을 꺾어다 꽹과리 위에 예쁘게 꾸몄다. 힘들게 만들었지만, 풀꽃을 품은 황금빛 꽹과리를 보면서 위로받는다. 두드려 만들어야만 하는 꽹과리는 단조 제품이다. 만들기는 어렵지만 다른 방짜유기에 비해 상대적으로 저평가되고 있다. 이런 사실은 전승을 더욱 어렵게 한다. 현장의 대정들은 그럼에도 묵묵히 고단함을 이겨낸다. 네 번째에서 아홉 번째까지의 불꽃쇠는 우김질을 견디어내며 쇠잽이의 소리를 찾는다. 꽹과리 우김질은 메질이라고도 한다. 꽹과리를 만드는 핵심 공정이다. 이 단조 과정에서 꽹과리의 고유한 소리 스펙트럼이 결정되고 이후 공정의 난이도 또한 정해진다.

　"네 번째 불꽃쇠의 콘셉트는 강릉풍물굿의 김용현 쇠잽이의 소리다. 그의 가장 중요한 꽹과리 소리는 높고 맑고 연한 소리이다. 다섯 번째 불꽃쇠는 평택풍물굿의 최은 창 쇠잽이 소리를 찾는다. 그는 땡땡거리는 것보다 여운이 길며 자각자각하는 소리를 좋아한다. 여섯 번째 불꽃쇠는 전라북도 국립국악원 나금추 쇠잽이의 소리인 연하고 맑은 소리다. 일곱 번째 불꽃쇠는 국립국악원 조갑용 쇠잽이가 선호하는 소리인 고음이면서 여운이 많이 남는 소리다. 여덟 번째 불꽃쇠는 남원 국립국악원 사물놀이 오민재, 오민호 형제의 꽹과리 소리인데 너무 세지 않고 찰찰 흐르면서도 강한 소리까지 나야 한다. 아홉 번째 불꽃쇠는 강릉 대관령 푸너리의 김명대 쇠잽이가 선호하는 낮은 소리를 찾는다.”

이 소리는 김경희의 〈꽹과리 음향선호도 조사 보고서〉 내용이다. 꽹과리를 만들 때 우김질이라 표현하는 에어 해머[19] 질은 여러 겹으로 나누어 때린다. 재참쇠 4개를 쳐서 2개씩 나누고 두 개를 올려놓고 친 후에 가운데에 두 개를 넣어서 6개를 겹쳐 해머를 치면 6번의 불꽃쇠가 되는 것이다. 소탕에서 불꽃쇠를 꺼내어 해머로 치고 다시 불꽃쇠로 만드는 일은 불꽃쇠가 춤추는 일이다. 아재들도 어두운 소탕 앞

---

19) 압축 공기의 힘으로 움직이는 기계 해머

에서 힘자랑을 한다. 놋뜰 나무 밑은 풀꽃이 없는 말끔한 상태가 오랫동안 지속되었다. 비가 오지 않기 때문이다. 가뭄이 생명을 소생시킬 수 없는 상태로 만든 탓이다. 이럴 때 꽹과리 해머 치는 날이면 방짜 아재들 모두가 쇠잽이의 소리를 찾기 위해 참고 견디어낸다.

1,000도 소탕의 열기와 포개진 불꽃쇠를 잡아 돌리는 집게잡이의 수고로움은 가뭄에 논밭이 마른 것 같은 갈증을 부른다. 소탕을 보는 방짜 아재나 해머 조수나 매한가지다. 원자재 공방 전체의 후끈한 열기는 식을 줄 모르고 가질간과 광간을 뜨겁게 덥힌다. 이게 방짜를 생산하는 현장이다. 이 열기가 천년을 간다. 천 번의 두드림이기도 하다. 놋그릇을 정갈하게 놓은 모던한 주방에 쿡북과 셰프의 자리를 만들어 놓고 주방에서 차를 마시고 책을 읽으며 명상을 한다. 남녀 구분 없이 요리를 즐기는 시대의 풍속도다. 쉼과 재충전이 있는 공간은 행복한 삶이다. 일상에 묻고 답하는 에너지의 보고다.

16
'찔레꽃' 두 번의 불꽃소 '냄질'

"그대 사랑하는 동안

내겐 우는 날이 많았었다

아픔이 출렁거려

늘 말을 잃어 갔다"

문정희의 〈찔레〉 중 한 대목이다. 시인은 사랑의 아픔조차 품고 푸르름에 서 있고자 하는 것이 승화된 사랑이라 했다. 달콤한 열매를 취한 긍정적 에너지가 있기 때문 아닐까? 몸도 마음도 아픈 고통을 참으며 일상을 인내하면 마침내 멋스러운 방짜유기를 재탄생시킬 수 있는 것처럼 말이다. 푸른 계절에 꿈을 꾸어본다. 솜사탕 같은 추억 한 조각 들고

서있는 찔레꽃이 되어보자고 한다. 냄질은 불꽃쇠를 여섯 번 우김질한 후 겹쳐진 재참쇠[20]를 분리하는 과정이다.

열 번째 불꽃쇠는 소탕 속에서 뒤조이를 기다리며 국립국악원 사물놀이 박은하 쇠쟁이가 선호하는 소리를 찾는다. 그는 얇은 소리로서 자글자글하고 여운이 길며 낮은 소리를 좋아한다. 요즘 사물놀이는 너무 빠르고 땡땡거리는 고음이 많이 나는데 개인적으로는 그런 것보다 끈적끈적한 소리를 좋아한다고 한다. 그는 작고한 김용배 선생과 어렸을 때 남사당에 같이 있었고 초창기 사물놀이 공연 때도 같이해서 친했다.

열한 번째 재참 불꽃쇠는 한울림 김한복 쇠쟁이의 소리를 찾는다. 그는 딱딱하고 날카로운 소리보다는 부드러우면서 맑은 소리를 좋아한다.

냄질은 찔레꽃 가시 같은 뒤조이로 달구어진 재참 불꽃쇠를 우개리로 작업하는 것이다. U자 형태로 겹쳐진 재료를 '뒤조이'라고 하는 공구를 사용하여 하나씩 분리해서 떼어놓는 작업이다. 소탕에서 버너 불꽃에 달구어진 재참쇠가 불꽃을 잃지 않도록 가스불로 계속 달군다. 뒤조이로 찔레꽃 가시가 찌르듯 낱장씩 분리한다. 요강처럼 입구가 좁은 모양의 겹놋쇠 낱장은 속의 것부터 떼어내고 그 외의 제품은 겉의 것부

---

20) 우개리로 만들기 위해 다시 벌겋게 달구어지는 참쇠

터 때어내야 하는데 다 벗겨낸 상태의 한 장을 '우개리'라고 한다. 냄질로 분리된 우개리는 열두 번째 불꽃인 닥침 성형으로 간다.

공방 정원에 핀 찔레꽃은 냄질아재와 불꽃쇠의 의미를 담는다. 방짜 아재는 일상에 묻는다. 주물유기와 방짜유기의 불꽃쇠가 어떻게 다르고, 왜 다른지? 두 번의 불꽃 지짐과 열세 번의 불꽃쇠 담금이 다르다고 이야기한다.

방짜유기는 구리와 주석(78%:22%)이 합해진 도가니에서 버너의 불꽃에 의해 액체로 녹여진다. 각기 다른 두 물성을 놋쇠라는 유기로 재탄생시킨 합금쇠이다. 불꽃쇠로 성형하여 담금질 불꽃쇠로 끝내면 주물 유기라고 한다. 열세 번의 불꽃쇠가 되어 성형과 단조과정을 거치면 방짜유기 꽹과리라고 부른다. 냄질은 소탕의 버너불 속에서 불꽃쇠로 한 번, 다시 가스불로 재참쇠를 만들어 분리하는 두 번의 불꽃쇠다.

우개리는 찢기고 할퀴어 아픈 감성이 가시가 되었다. 그래도 보듬아 하얀 찔레꽃 되어 추억을 털고 초록 속에 함께 서 있고 싶다. 슬퍼하지 말고 이 푸른 세상에 무상한 사랑으로 서고 싶다. 아픔조차 품고 푸르른 날 속에 함께 있는 시인의 사랑법이 냄질한 우개리다.

부연 설명

1) 꽹과리를 만드는 방짜(구리 78% : 주석 22%)
로 합금된 청동 기물의 물성이 유리와
같아서 성형할 때에는 반드시 불에 빨갛
게 달구어 구부리거나 모양을 잡아 주어
야 한다.

2) 꽹과리를 제작할 때에는 13번 불에 달
구어 성형한다. 불꽃쇠가 되는 숫자만큼
힘들고 까다로운 과정을 거쳐야 꽹과리
가 만들어진다는 것을 표현했다.

17
'대추' 익어갈 때
열두 번째 '닥침' 불꽃쇼

"저 안에 번개 몇 개가 들어서서
붉게 익히는 것일 게다
저게
저 혼자서 둥글어질 리는 없다"

장석주 시인은 대추 한 알이 익어가기 위해 필요한 자연의 법칙을 이야기한다. 비와 태풍을 견디고 땡볕을 이겨낸 파란 대추는 가을 찬바람을 맞고서야 붉게 익어간 것이다. 대추가 둥글어지기 위해서는 인고의 시간이 필요하다. 그런 후에야 비로소 세상과 통한다고 했다. 공방 정원의 대추나무 그늘에는 유기 대장간 아재들의 쉼과 옆 공장 이주 여성 근로자가 해먹에 누워 흔들흔들하는 휴식이 있다. 웃음 띤

근로자들의 예쁜 손이 뻗어올 때면 대추가 반기며 '수고했어
요' 하고 위로한다. 공방 정원의 풍경이다.

　대추 한 알도 꽹과리와 같이 성실과 인내로 얻은 결과물
이다. 일상에 담은 꽹과리 하나가 자연과 사람을 연결한다.
자연과 사람이 서로를 품었다. 꽹과리는 사람을 담고, 붉은
대추는 자연을 담았다. 3500년 전부터 구리 광산과 주석 광
산에서 그렇게 자연과 역사를 보듬었다. 광산 아재들이 흘린
가족들을 위한 땀과 수고는 구리와 주석의 괘가 되어 세상으

로 나온다. 이 괘가 1,300도 용해로의 뜨거운 열기와 융합하여 불꽃쇠가 탄생한다.

열두 번째 닥침 불꽃쇠는 이광수 민족음악원 쇠잽이의 소리를 찾는다. 닥침을 하고 나면 불꽃쇠는 꽹과리의 형태로 잡혀진다.

"그가 선호하는 꽹과리 소리는 찰찰거린다든지 맑고 청아한 것만 내는 것이 아니다. 시끄러운 소리 가운데서 도 부드러운 소리를 찾으려고 한다. 꽹과리를 고를 때의 기준은 잡음이 많이 안 나는 것을 고른다."

김경희 〈꽹과리 음향 선호도 조사 보고서〉의 내용이다. 모든 지역에서 공통적으로 선호하는 꽹과리 소리는 음색이 맑고 여운이 긴 것으로 조사되었다. 주석 성분이 22%나 차지하고 있는 것은 꽹과리의 음향적인 측면에서라기보다는 주석 성분의 무른 재질을 통해 수작업에 의해 이루어지는 꽹과리 공정이 쉬워지도록 한 것이고, 만일 주석 성분을 더 낮춘 판재를 수작업 과정에서 사용할 경우에는 너무 단단하여 두드려서 제작하기 힘들어지기 때문이라고 보고서는 기록한다.

 방짜 바둑알[21]을 소탕에 달구어 치고 두드리는 전통 방식을 닥침질한다고 했다. 이것을 닥침질이라고 하는 이유는 단순히 위에서 아래로 내리치는 것이 아닌 닥침꾼 모두가 동시에 내리치며 자기 몸 쪽으로 당겨 늘리기 때문이다. 닥침이 끝난 우개리는 그 높이가 일정하지 않으므로 협도질을 하여 높이를 맞춘다. 시울을 깎아내는 광간 아재의 손놀림은 최고다. 그 손에서 꽹과리가 놀아난다. 닥침하여 담금질한 후에 벼름질이라는 인고의 터널에서 때리는 손맛을 꽹과리가 느낀다. 가질간 아재의 모 칼이 한몫하고 중간 칼도 이내 뽐내며 끼어든다. 꽹과리에는 사람의 혼이 들어있다.

 울음 잡는 황새망치 아재의 결연한 의지가 최고의 손맛을 낸다. 대추가 익어가는 공방 정원에서 함께 익어가는 대추와 꽹과리는 자연과 삶을 담았다. 옆 공장 다문화 가족들은 이국 만리타국 땅에서 한민족과 함께 익어간다. 황새망치가 쇠잽이의 소리를 만들고 혹독한 자연의 빛과 바람이 튼실한 대추를 만든다. 방짜 아재와 쇠잽이가 함께 익어 두레풍장을 만드는 것은 자연의 이치다.

---

21) 방짜 원자재(합금된 쇠)인 둥글 넙적한 놋쇠 덩어리

18
'남천' 열세 번째 불꽃소 '부질'

첫 버스에 몸을 싣고 출근하는 시간은 감사한 마음이 앞선다. 마음도 같은 목적지를 향해 가고 있기 때문이다. 몸이 원하는 것과 마음이 계획하는 일이 동시에 같은 곳을 바라보고 있다. 몸과 마음이 같은 목적을 가지고 십 년을 집중하면 어떤 결과물이 생산될까? 오늘은 하얀 포도송이 같은 꽃이 보인다. 이 나무는 여기저기서 많이 보았으나 이름을 외우기가 어렵다. 남천이다.

창밖으로 보이는 가로수 밑 전봇대 옆 가게 앞에도 관상수로 적지 않게 심어져 있다. 오랫동안 눈과는 사귀었는데 마음과 생각으로 친해진 것은 오늘이 처음이다. 있는 듯 없는 듯 가까이에 늘 있어 그동안 무관심한 탓이다. 파란 잎에서부터 붉은 단풍까지 늘 곁에 있었다. 가로수 옆에서,

가게 앞 고무 통 위에서, 카페에서는 나무로 단장한 네모 화분 위에서 늘 함께했다.

　남천을 다화茶花로 만나니 새삼 반갑다. 찻자리에서 대용차와 함께 다화로 활용한 것이다. 다화 꽂이는 황금빛 방짜 촛대 부속품으로 만들었다. 방짜유기 다식 접시에 한과를 담았다. 찻자리에서 다화는 여백의 미다. 대용차와 자연 다화茶花가 어우러진 고향의 들판 같은 정겨운 찻자리다. 그 다정에는 행복이 담겨있다. 가질간에 있는 벽걸이형 핸드폰 스피커 위에 테이블 세팅을 했다. 늘 가까이에 있는 남천을 보면서 아재가 만든 방짜와 함께 꽹과리도 곁에 두고 사랑받기를 원한다. 제질하는 아재의 찻자리에서 소품으로 활용되기를 바란다.

　"온통 빨갛게 달구어

　태우리니

　때가 이르렀을 때 나도

　다 태울 수 있을까"

　조인스 블로그 중에 있는 내용이다. 남천을 바라보며 출근한 방짜 아재는 유기 대장간을 살핀다. 극한의 직업이라 불리는 방짜유기 작업장에서 부질 아재가 일하는 모습을 본다.

어쩌면 저렇게 의연하게 부질을 할 수 있을까? 소탕에서나 제질을 할 때나 자리를 떠나지 않고 지킨다. 부질은 꽹과리를 옥이는 작업이다. 제질(옥힘[22]) 또는 부질이라고 하는데 이는 방짜유기의 완전한 형태를 만들고 다듬는 것을 일컫는 말이다. 담금질도 동시에 하고 있다. 불꽃쇠를 자유자재로 다루는 부질 아재는 가족의 버팀목이고 꽹과리 생산의 디딤돌이다.

전통방식의 부질(제질)에서 닥침이 끝난 우개리는 하나씩 간수를 바른 다음 부분적으로 600도까지 달군 다음 제질메로 쳐서 고른 형태로 만든다. 이 과정을 여러 번 반복해서 그 모양새를 완제품에 가까운 형태까지 완성한다. 제질 작업으로 완제품 형태가 만들어지면 우개리를 다시 전체적으로 고루 달군 다음 빠른 동작으로 준비된 물에 집어넣어 열처리를 한다. 그리하면 담금질이 되어 꽹과리 틀이 잡히고 벼름 아재의 쓰다듬는 손길과 황새망치의 초 울음질이 기다린다.

열세 번의 불꽃쇠를 통해서 꽹과리의 모양으로 성형되었다. 이 매구는 진쇠 김복만 쇠잽이를 생각하며 얼빛으로 소리를 찾는다. 스승 송순갑 선생님은 그에게 "복만아, 꽹

_____

22) 직각의 모양을 둥그렇게 하는 작업

과리에서 꽹과리 소리가 나지 않아야 한다." 또 김용배 선생님은 죽기 사흘 전에 "복만아, 웃다리쇠가 아니면 안 되는 소리가 있다." 그는 이 유언 같은 가르침에 따라 혼신을 다해 독공으로 연습하여 소리의 이치를 깨달았다. 그는 입버릇처럼 힘을 놓고 마음의 소리를 내야 한다고 이야기한다. 교수신문의 김영철 편집위원은 그가 어떻게 신명나는 소리에 빠졌을까? 반문한다.

김복만은 지난날을 이렇게 이야기한다.

"고1 때 '뜬쇠'로 명성 높던 명인 송순갑에게 빠졌었는데 꽹과리를 처음 잡은 건 11살 적의 초등학교 때부터여. 충남 신탄진이 고향인디~ 당시 처음부터 꽹과리를 잡은 건 아녀. 학교의 어느 교실에서 울려 나오는 농악의 신명나는 가락에 이끌려 농악반에 들어갔는데 처음엔 상모돌리기와 무동춤 등을 익혔어, 한 3년 정도 기예를 익히고난 후 악기를 만지게 됐는데. 징과 북 등 대부분 악기는 거의 다 만져봤어, 그 가운데 꽹과리에 제일 맘에 끌렸어. 물론 농악 기예는 두루두루 잘한다는 평가를 받고 있었지."

19
'애기수영' 담금질과 벼름질 불꽃쇠

애기수영의 꽃말은 '친근한 정'이다. 아재가 방짜에 친근한 정을 느끼려면 담금질이 잘 되어야 한다. 담금질은 시뻘건 불꽃쇠를 물에 담그는 일이다. 제질 작업으로 완제품 형태가 만들어지면 우개리를 다시 전체적으로 고루 달군 다음 빠른 동작으로 전체를 준비된 물에 집어넣어 열처리를 한다. 이 물이 간수(소금물)인 경우와 차가운 물일 경우 유기의 경도가 달라진다. 또 버너에 달군 쇠와 연탄에 달군 쇠도 그 강도가 다르다.

귀화 식물인 애기수영은 신맛이 있고 생명력이 강하다. 방짜유기도 담금질하기 전과 후가 다르다. 소탕에서 나온 방짜 쇠는 충격을 가하면 마치 유리처럼 깨진다. 그러나 뻘건 불꽃쇠를 물에 수영하듯 담그면 시계태엽처럼 강해지는데

이 기물을 벼름질과 가질하여 울음을 잡으면 꽹과리가 된다. 이렇게 공들이고 길들인 꽹과리는 상쇠의 사랑을 충분히 받는다.

> "너의 장미꽃이 그토록 소중한 것은
> 그 꽃을 위해 네가 공들인 그 시간 때문이야.
> 너는 네가 길들인 것에 대해 언제까지나 책임이 있는
> 거야."

어린 왕자의 '친근한 정'은 자기 별의 장미다. 관심을 받고자 하는 것과 길들어진 것의 구분을 그때는 몰랐다. 지나고 나서야 아는 경우가 많다. 담금질 과정에서 기물이 뒤틀려 버리는 경우가 있다. 작업자가 귀찮아하거나 다른 생각을 하면 그렇게 된다. 그런 만큼 공을 잘 들여야 좋은 방짜가 탄생한다. 가질은 칼대를 잘 만들어야 한다. 칼이 잘 들면 친근하게 된다. 일하기 편하고 더불어 멋진 방짜가 생각처럼 가질(삭형)되기 때문이다. 방짜는 공들이면 길들여진다.

담금질은 재료의 성질을 좋게 변화시킨다. 담금질하게 되면 놋쇠 특유의 성질이 나타나는데 담금질 후엔 경도와 인성이 높아져 그 성질이 강하게 된다. 징을 담금질할 때 소금을

많이 넣은 간수에 하면 방짜의 표면이 노랗게 되고 소금을 덜 넣으면 검은색이 된다. 담금질하는 아재의 친근한 정은 불꽃이다. 불꽃이 방짜 원자재를 잘 달구어 원의 형태를 잡아주기 때문이다. 아재는 쉬지도 않고 서서 불꽃쇠를 바라보며 담금질에 여념이 없다.

담금질을 마친 꽹과리는 꽹과리 형태와 기능을 모두 갖추게 된다. 열셋의 한국을 대표하는 두레풍장 쇠잽이의 소리를 모두 품은 것이다. 벼름 아재는 그 소리를 꺼내기 시작한다. 두껍고 센 소리는 사물놀이용으로 벼름질을 한다. 황새망치가 공연하듯 춤을 춘다. 얇고 철철거리는 소리는 두레풍장용 농악놀이 쇠잽이를 위한 꽹과리로 벼름한다. 초울음을 잡은 쇠는 가질 대정의 손에서 울음 잡는 가질꽃과 함께 상쇠가 원하는 소리를 찾는다. 벼름질한 꽹과리의 원형을 유지한 채로 가질을 해야 쇠가 가진 원래의 소리를 유지하며 잡소리가 적고 울림이 있는 쇠잽이용 꽹과리기물로 탄생한다.

친근한 정 애기수영은 질긴 생명력이 있다. 방짜유기도 그렇다. 담금질이 되어서 그렇다. 담금질은 불꽃쇠나 애기수영이나 어린왕자나 모두에게 필요하다. 사랑의 필요를 깨달았기 때문이다. 어린왕자는 자기 별에 두고 온 장미에 대

한 사랑을 깨닫는다. 벼름질과 가질은 양방향 얼빛 소리로
한국 두레풍장의 얼을 이어간다. 방짜 아재와 쇠잽이는 한국
의 전통문화의 소리와 얼이 세계에 널리 전해지기를 바란다.

3
황새 망치 춤사위

20
'아카시아꽃' 같이하는
가치 방짜 징

"향긋한 꽃냄새가
실바람 타고 솔솔

둘이서 말이 없네
얼굴 마주 보며 생긋

아카시아꽃 하얗게 핀
먼 옛날의 과수원길."

　박화목 작사, 김공선 작곡 〈과수원 길〉에선 아카시아 꽃
향기가 난다. 동구 밖에서 두드리는 징 소리는 아카시아 꽃
향을 타고 차실을 두드린다. 우리는 아카시아 꽃차를 시음

하고 아카시아 꽃을 튀긴 부각을 다식 삼아 맛, 향미와 징 울음을 귀와 손으로 느낀다. 징은 소리가 낮고 은은한 전통 금속 타악기로 꽹과리와 음색의 조화를 이룬다. 장단의 첫 박을 맞춰주는 중요한 역할을 하면서 가락을 감싸 안는 울림으로 다른 악기 소리를 받쳐준다. 좋은 징은 그 소리가 바람을 타고 십 리를 간다. 농악에서 징수는 풍물을 가장 오래 한 사람이 잡아야 한다는 이야기가 있을 만큼 징의 역할이 중요하다는 것을 알 수 있다.

　징의 울음을 잡는 일은 혼불을 켜고 모든 감각을 하나로 모아야만 완성할 수 있다. 소리의 주인이기 때문이다. 징이 한 번 울음을 토할 때마다 서너 번의 황소울음 같은 떨림(맥놀이)과 긴 여운이 있으면 울음이 잡힌 것이다. 평생을 건 이 징 소리는 농악 놀이에서 완성된다. 아카시아 꽃향과 같은 느낌이다.

징 울음

김성수

징은 눈물
고요히 흐르는 마음의 눈물

울음 잡는 명장 이마엔

땀방울 몽올몽올

마음엔 한숨짓는 눈물

징 소리마다 부서지는

눈물방울들

눈물방울마다 징 소리 울리고

그 눈물에 기대어

가족은 평화

명장의 눈물은 생명 샘

물먹고 울음 잡힌 징 소리

웡 웡 에서 음매~~

한 품은 소리

징 꽹과리

울음 잡는 명장님

소리의 주인님

　이른 새벽에 징 울음을 잡기 위해 몸과 마음을 정갈하게 다잡고 방짜 아재들은 출근했다. 아침인데 벌써 이마엔 땀으로 흥건하다. 가족들에게 더 잘해주지 못해서 미안하다. 큰소리쳐서 또 미안하다. 생각하며 징 울음을 잡는다. 담금질한 후에 징 속에 물을 넣어두는 것은 쇠가 덜 굳게 하여 조금이라도 연한 상태에서 벼름질을 하기 위해서다. 먼지도 덜 날린다.

　유기 대장간과 같이 시끄러운 곳에서 함께 일하면서 소통하려면 소리를 질러야 알아듣는다. 작업자들은 나이를 먹어가면서 가는귀까지 먹는다. 그러다 보면 집에서 평소와 같이 이야기하는데 자녀들에게 왜 아빠는 큰소리와 짜증을 내면서 이야기하냐고 핀잔을 듣는다. 집에서도 물을 먹으며 벼름질하듯이 한 박자 늦게 부드러운 목소리로 대화를 해야 한다.

　농악 놀이에서 징을 바람에 비유하는 것은 징이 사물 중에 음의 기운이 제일 많기 때문이다. 바람을 타고 오는 징 소리가 아카시아 꽃향과 함께 귓전을 스쳐간다. 서로를 이해하면 어려운 일이 있더라도 극복할 수 있다. 방짜를 우기고 펴서 소리를 잡는 현장엔 함께할 수 없을 것 같은 일이 많다. 그러나 어려워도 싸워도 뜨거워도 누군가 빠지면 채워서 함께 만들어야만 하기에 방짜 징의 가치는 '같이'다.

21
'호박꽃' 꽹과리로 태어난 방짜

　아침이슬로 샤워를 한 호박꽃이 노랑 나팔을 벌리고 방짜 아재를 반긴다. 시보리간 작은 텃밭에 여름 땡볕의 고단함을 이기고 탐스럽게 피었다. 누가 호박꽃을 못생긴 꽃이라 했는가? 이렇게 건강미가 넘치는 자연 매력을 지닌 노란 꽃을 보면 달라지리라. 일하다 간간이 푸성귀를 재배하고 수확해서 함께 먹는다. 호박은 쓰임새가 많아서 우리를 행복하게 한다. 출출할 땐 안주로 나물로 찜으로 반찬이 없을 땐 국으로 애용한다. 애호박을 따서 누군가에게 선물을 하고 싶다.

　오늘은 내가 나에게 선물을 주고 싶은 마음이 문득 든다. 이제까지 무사히 살아줘서 고마워 예술적이고 독창적인 선물을 주고 싶다.

시보리간에는 막 성형된 반상기가 많다. 가질간으로 오려
면 낙관도 찍고 담금질도 해야 한다. 꽹과리는 둥근 불꽃쇠
방짜판을 우김질해서 만든다.

깡깡 깡깡 까앙깡 쿵쿵~~
깡깡 까앙 까앙깡 쿵쿵~~

소탕 속 방짜 판이 노랗게 달구어지고 해머가 우김질을 시
작했다. 방짜 판이 소탕에서 불꽃쇠가 되고 네 장이 겹치어
진 채로 우김질을 당한다. 우김 망치가 불꽃쇠 방짜 판을 때

릴 때 집게 잡이의 집게손은 불꽃쇠 방짜 판을 꽉 쥐어주어서 뛰지 않게 한다. 에어 해머가 올라갈 때 집게를 풀어주며 음을 탄다. 집게 잡이 메를 치는 아재는 소탕에서 나오는 불꽃쇠를 주시한다. 조수의 집게에 잡힌 불 먹은 쇠를 매의 눈으로 주시한다. 이것이 우김질의 기초다. 집게 잡이와 조수, 소탕 속 불꽃쇠와 기계가 한 호흡으로 메를 친다.

우김질하는 해머집게잡이 한 명을 양성하려면 방짜공장 하나를 투자해야 한다고 했다. 우김질은 방짜를 생산하는 근본이 되는 중요한 공정이고 손재간과 원대장으로서의 자질이 필요한 자리이기 때문이다. 호박은 주황색 식물의 대표 주자이다. 꽹과리는 방짜 유기 대장간의 대표 상품이다. 호박 같은 방짜 꽹과리는 우리에게 삶을 제공한다. 둘 다 황금빛이다. 이 황금빛 꽹과리 기물이 생산되는 이야기는 이렇다.

난 태어날 때부터 말이 많은 600g 꽹과리다.

용해할 때, 압연할 때, 판 딸 때, 해머 칠 때, 닥침할 때, 자르고 담금질할 때, 벼름질하는 단조 과정에서는 특히 여러 소리가 나온다. 너무 두껍다. 재질을 할 때 신경을 안 써서 바닥에 여러 겹으로 파인 자국이 있다고 구시렁대는 초

울음을 잡는 아재는 이마의 땀방울과 동시에 나에 대한 애정을 볼멘소리로 표현한다. 나는 안다. 그것이 나를 사랑해서 하는 소리라는 것을. 가질하는 지금은 가을을 넘고 겨울을 지나 3월의 중간을 막 넘어가고 있다. 놋뜰애愛 까치가 울고, 매화나무 끝에는 하얗게 봉오리가 올라온다.

함빡 웃는 아리따운 아가씨가 하얀 신을 신고 검정 타이츠와 검은색 바람막이를 입고 통화를 하고 있다. 아마도 저렇게 웃는 것은 남자 친구와 통화하기 때문일 것이다. 머지않아 꽃 피는 봄이 오고 난 어느 누구에겐가 분양이 되어 꽹과리 소리를 내고 있을 것이다. '갱 개갱 개갱 개개갱' '개갱 갱 개갱 개개갱' 하고 말이다. 상쇠의 장단에 맞추어 농악패가 길꽃춤을 추며 흥겹게 돌아가는 그림이 그려진다. 내가 상념에 젖어있는 동안 가질이 끝나고 울음을 잡는다. 잘했니 못했니 방짜 아재들은 에너지를 교환한다. 늘 똑같이 반복되는 일상이다.

22
'국화' 황새 망치 춤사위는 황소울음

"노오란 네 꽃잎이 피려고
간밤엔 무서리가 저리 내리고
내게는 잠도 오지 않았나 보다."

서정주 〈국화 옆에서〉의 한 소절이다. 혈연적 친근감으로
꽃차를 마신다. 국화차는 연한 노란색을 띤다. 차 맛이 강
하다. 맛은 자극적이지만 색은 눈빛을 찻잔에 머무르게 한다.
노란 국화는 위염이나 위장장애에 효과가 있으며 소화에도
도움을 준다. 또 스트레스를 해소하고 고혈압과 신경안정
등에도 효과적이다. 한방 의서인 『본초강목』에 따르면 국화
는 성질은 따뜻하고 맛이 달며 독이 없다. 팔다리가 마비되
고 감각이 마비되는 증상과 어지럼증, 신경 계통의 장애를

치료하는 데 효능이 있다.

　"징과 꽹과리 같은 타악기는 특별히 울음을 깨는 작업이 필요하다. 이는 대체로 대정의 재간으로 되어있지만 유독 소리에 뛰어난 장인이 따로 있어 명성을 얻게 된다. 곧 악기의 생명은 음질에 달려있기 때문이다. 징의 복판은 다소 두꺼운 편이지만 전으로 꺾이는 구미 부분은 매우 얇다. 구미의 바닥 고름이 잘 되어야만 공명이 좋고 여운이 길다. 말하자면 징과 꽹과리의 풋 울음을 바르게 가늠하는 것이 대정의 청력이요 곰마치 질의 별난 재간인 것이다."

　이종석의 『한국의 전통공예』 일부 내용이다. 전통 방식의 벼름질도 그렇지만 현재화된 해머 작업도 안 풍구와 집게 잡이가 함께해야 우김질을 할 수 있다. 풋(初)울음을 잡기 전에 징의 원을 만들어야 한다. 징 울음을 잡을 때는 구머니의 바닥을 고르게 잡아주고 전의 원형을 잡아주어야 한다. 이때 징의 끝부분을 시울이라 하고 이 행위를 트집[23] 잡는다고 표

---

23) 갓 또는 패랭이를 만드는 과정에서 갓의 끝을 둥글게 하기 위해 다듬는 끝부분을 트집이라고 하며, 이 작업을 트집 잡는다고 했다. 전통적으로 방짜 유기 작업에서는 징의 트집을 잡는다고 한다.

현한다. 한 발로 징의 구머니를 버티고 메(망치)로 시울을 내려치면 징은 살아서 튀는 것처럼 울린다. 여러 차례 모난 부분의 시울을 반복해서 두드리면 내 이마엔 땀이 몽글몽글 흐르면서 둥글게 징의 형태가 된다. 이 땀의 본질은 가족에 대한 사랑이다.

이어 풋(초) 울음을 잡기 위한 벼름질을 한다. 모루 위에 징을 모자 씌우듯 모서리에 놓고 구머니의 1.5cm를 15도가 꺾이게 주먹망치질을 하면 징의 배가 나온다. 이 배는 울림 판이다. 뒤집어서 모루 위에 놓고 꿀럭꿀럭하면 울림 판에 붙은 구머니의 두께를 느끼게 된다. 징의 구머니 바깥쪽을 황새망치로 두드리면 소리가 풀리고 안쪽을 황새망치로 두드리면 소리가 당겨지게 된다. 이렇게 풋(초)울음을 잡은 징은 시울[24]을 갈아내고 광[25]을 친다. 이때 열을 받게 되면 물성이 변하여 소리가 변하므로 주의를 해야 한다.

황새망치가 춤을 추기 시작하면 징의 재 울음 잡기가 시작된다. 징의 중앙에 둥근 부위를 울음판이라 하는데 이곳을 황새망치로 쳐서 중국 호떡같이 고르게 풀어준다. 징의 안쪽 전이라 칭하는 부위를 황새망치로 울음을 깨주면 중앙

---

24) 징의 끝부분
25) 징 표면에 윤기를 낸다

의 울음판에서 출발한 진동이 전까지 전해져 열십자 모양으로 고르게 떤다. 징채로 중앙의 울음판을 두드리면 울음판과 시울 사이가 고르게 진동하며 떠는데 이를 징 울음 잡는다(징의 울음을 깨면 왕왕거리는 소리, 굽이치는 소리, 길게 울리는 소리, 끝이 올라가는 소리 등 다양하다)고 한다. 춤(높이)이 높은 것은 긴 황새망치를 쓰고 춤이 낮은 것은 조금 짧은 황새망치를 쓴다.

황새망치 춤사위 황소울음 음매~~는 다음의 다섯 단계를 징 울음 잡기로 은유해서 표현했다.

하나, 손을 넣을 수 있는 곳을 위로 놓고 둥글게 원 모양으로 잡아준다.

둘, 모루쇠에 징을 모자 씌우듯 엎어놓고 끝부분의 1.5센티를 15도 각도로 각을 내며 두드려주면 징의 배가 나온다.

셋, 징의 울림판을 중국 호떡처럼 만든 후에 뒤집어 꿀렁꿀렁 해본다.

넷, 바가지 옴폭한 곳 끝부분의 각진 부분인 구머니를 황새 등같이 생긴 황새망치로 울림이 있게 두드려준다.

다섯, 징채로 두드리면 황소 울음소리를 낼 수 있도록 울림판을 지속해서 조율해 준다.

징을 만들 때는 함께해야지 혼자서는 만들 수 없다. 같이의 가치다. 방짜 불꽃쇠를 망치로 성형하고 두드려 초 울음과 재 울음을 깬 징의 생명은 음질에 달려있다. 악기이기 때문이다. 공명은 다소 두꺼운 징의 복판 울림판과 연결되어 있는 고른 바닥과 얇은 두께의 구머니에 떨림의 정도에서 좌우된다. 이 떨림 구머니 불꽃쇠가 일정한 폭으로 떨릴 때 최고의 맥놀이가 일어난다. 방짜 아재의 혼불이 녹아 불꽃쇠가 되었다. 이 불꽃쇠는 놋뜰에서 꽃심으로 태어난다.

23
'매화' 꽹과리로 표현한
따뜻한 즐거움

"으스름달밤에 모두 잠들면

강아지는 비죽비죽 기어 나와서

꽹과리를 치면서 춤을 추고요."

임혜령의 『이야기할아버지의 이상한 밤』에서 작가는 우리의 또 다른 가족인 가축들로 사물놀이패를 구성한다. 여기에 노래하는 가수를 넣은 것은 놀랍기만 하다. 비죽비죽 기어 나온 강아지가 상쇠가 되어 뒤뚱뒤뚱하며 꽹과리를 연주하는 모습은 생각 밖의 상상을 자극하는 따뜻한 즐거움이 있다. 어기적거리며 걷는 앙증맞은 고양이가 무대에 올라가서 장구를 칠 때는 날렵하고 야성의 끼가 살아나 흥과 생동감이 있는 무대를 연출했으리라.

송아지가 뒷발을 들고 음매 하며 우는 소리를 협연하는 가수의 모습으로 그려냈다고 생각해 보자. 사물놀이 연주는 넓은 무대나 광장에서 하는 예술 행위라서 마이크가 있어야 노래를 할 수 있다. 조용한 달밤에 가능하지 않은 무대를 판타지화하여 명상음악처럼 표현한 것은 신선한 감동이다. 명상가수라면 꽤 내공이 있을 게다. 여기서 동물들은 젊음을 대신했다. 젊다는 것은 두려움 없이 일하는 열정이다. 특히 상남자의 작업과정인 꽹과리 만들기는 더욱 그렇다.

꽹과리를 만들기 위해선 먼저 구리와 주석의 합금비율을 78:22로 정확하게 맞추어 용해를 한다. 합금 비율이 다르면 꽹과리 모양을 만들 수 없다. 성형하는 과정에서 놋쇠가 찢어지기 때문이다. 이렇게 만들어진 방짜 판을 우기고, 닥치고, 옥여서 담금질을 하면 꽹과리 모양이 된다. 열세 번의 공정과 각기 다른 불꽃쇠를 거쳐는 과정을 통해 방짜 꽹과리가 만들어지는 것이다.

습작을 하다 보면 스승을 닮아간다. 사수를 미워하면서 사회생활을 하다가도 몇 년 후면 어느새 사수를 닮아가는 자신을 발견한다. 오랜 시간이 지나면 자신만의 스타일이 나오게 된다. 담쟁이는 처음부터 더디게 담을 타고 올라간다. 늦고 굼뜨다. 오랜 시간이 지나면 벽면에 멋진 자신만의 화

폭을 담아낸다. 매화가 매서운 겨울바람을 이기고 나도 모르
는 사이 쑥 고개를 내밀면 사방이 봄이다.

　"향긋한 매화 향을 맡고 매화꽃을 감상하고 부채에 매
화 그림을 그리는 동안은 재미있는 놀이를 하듯 즐기는
시간이다. 나와 자연과 예술이 혼연히 하나 되어, 정신이
고양되는 충만감과 함께 놀이를 하는 듯한 즐거움이 있다.
바로 조희룡이 말한 '유희'의 상태다."

　김정숙은 『옛그림 속 여백을 걷다』에서 이야기한다. 가질

하는 방짜 아재의 놋뜰(책 읽는 마당)에 눈이 내린다. 활짝 핀 매화나무 위에 쌓이는 눈과 함께 방짜를 올려놓고 사진을 찍었다. 유희다. 매화나무의 검게 퇴색한 가지와 금빛 방짜는 잘 어울린다. 매화꽃과 함께 보는 즐거움은 기쁨이다. 사진을 찍어 지인에게 보여주고 싶다. 핸드폰용 블로그 대문에도 올렸다.

가질간 건너편 놋뜰애愛 매화나무는 소나무 옆에 있다. 늘 푸른 소나무 곁에 공기처럼 있다. 이른 봄에 설중매를 기점으로 벚꽃이 활짝 책 읽는 마당 가득히 핀다. 개불알꽃, 쥐손이풀, 앵두꽃, 매실 꽃이 이어 나온다. 누가 더 노란 꽃을 피우는가? 빨간 꽃은 내가 먼저다. 살가운 핑크빛 무더기인 살구꽃이 필 때면 절정을 이룬다. 이때쯤은 놋뜰애愛 매화는 떨어지고 그 자리에 매실과 함께 책 읽는 마당이 펼쳐진다.

자연에서 얻는 즐거움은 예와 도를 넘어 자연에 내려놓은 마음과 함께 하나 된 생명으로 춤을 춘다. 최고의 유희다. 배우지 않았어도 최고의 작품은 자체로 즐거움이다. 흰 눈을 의연하게 이겨내는 여린 꽃망울 설중매의 단상이다. 예술은 자연의 존재 그 자체다.

24
'민들레' 돌식기 가질꽃 풀씨

"다른 사람들의 생각에 얽매이지 마십시오. 타인의 소리들이 여러분 내면의 진정한 소리를 방해하지 못하게 하십시오. 그리고 가장 중요한 것은, 여러분의 심장과 직관이 이끄는 대로 살아갈 수 있는 용기를 가지는 것입니다. 이미 여러분의 심장과 직관은 당신이 진짜로 원하는 것이 무엇인지를 알고 있습니다. 나머지는 다 부수적인 것입니다."

스티브 잡스, 애플 CEO의 말이다. 민들레와 돌식기의 심장은 훨훨 날아서 필요한 곳에 머물며 또 다른 생활을 한다. 민들레는 돌식기에 담겨 먹거리로 사용되어 지경을 넓히고 돌식기는 테이블에서 식탁을 완성시키는 것이다. 유기 대장간의 아재들은 전통 금속 타악기와 반상기를 정성들여 제작한다. 노력과 진심을 담아 민들레 영토에 풀씨가 되어 하늘을 난다. 성실한 신중년이 만든 기물은 너와 나의 관계를 위한 방짜다. 전달자는 그들의 초청을 기다린다. 심장이 바라는 무엇을 전달할 것인가? 어떻게 전달할 것인가?

"민들레가 나에게 가르쳐 주었네
슬프면 때로 슬피 울라고
그러면 민들레 풀씨처럼 가벼워진다고."

류시화의 시집에 있는 내용이다. 민들레 풀씨처럼 가벼운 삶은 무얼까? 문제를 문제 삼지 않고 행복한 부분을 보고 긍정적으로 살면 좀 나아진다. 슬플 땐 울어버리면 민들레처럼 가벼워진다. 슬픔에서 떨어져 생각하면 덜 슬퍼진다. 노랑 돌식기 뚜껑과 한바탕 씨름하고 놀기 위해서 새벽에 일어나 묵상을 하고 집을 나선다. 출근 버스 속에서 돌식기 뚜껑을 어떻게 깎을까 생각한다. 산화 피막은 1,000도 이상 가는 소탕 속에 있는 불꽃에 의해 생긴 것이다. 이 산화 피막은 불꽃에 녹은 주석이 엉겨 붙은 것이다.

깊게 깎아주어야 황금빛 방짜가 탄생한다. 이때 방짜 쇠에 열이 가해지면 물성이 변하므로 열이 가해지지 않도록 깎아주는 것이 중요하다. 지렛대를 이용하긴 하나 사람이 쇠를 깎는 것이다. 돌식기 뚜껑을 깎는 것을 그려본다. 처음엔 검정이었다가 상사[26]를 내면서 노란빛과 칼대로 인해 면이 생기더니 이내 황금빛으로 변한다. 불꽃쇠를 떡 주무르듯 하는 유기 대장장이의 수고로운 숨결이 느껴지는 순간이다. 힘들고 고되고 단조로운 작업과정은 그 자체로 명상이고 인내이다. 현장의 하루하루가 숨이 막힌다.

마침내 칼끝에서 사각사각 매끄러운 소리가 나면서 나가는 칼을 따라서 부드럽게 돌식기 뚜껑의 곡선이 예쁘게 나오는 순간에는 피로를 잊고 집중한다. 이 좋은 느낌과 기분으로 하루를 이기고 감사하며 산다. 민들레 홀씨처럼 높지도 낮지도 않게 살고 싶다. 시꺼먼 산화 피막과 같은 어두운 근심 걱정을 떨어버리고 일상에 충실한다. 더 깊이 나를 보려고 애를 쓴다. 이 때 일상에서 존재로 보는 눈이 생긴다. 마음을 담은 반상기 돌식기다.

용기를 주는 내면의 소리는 용서다. 용서는 다시 일어날 힘을 주기 때문이다. 가벼워진 마음으로 단순 반복하는 과정

---

26) 서로 모양이 비슷한 원형으로 깎여 나가는 모양

이 이루어내는 결과물이 황금빛 방짜다. 그러면 직관의 힘이 길러지고 내면의 소리가 들린다. 무엇을 해야 하는지, 무엇을 먹어야 하는지, 왜 좋은 사람들과 교제하며 소통하고 지내야 하는지 말이다. 다른 사람의 생각에 얽매이지 않는 가벼움은 민들레 홀씨처럼 가볍게 생산에 집중하고 기도하는 일상이다.

25
'동백' 바람과 풀꽃
위로받는 방짜 금징

"긴 여정에서 돌아온 바람이

풀무질하면

상처에 길들여진 몸 그게 부끄러워

땅에 떨어지는 붉은

몸꽃"

김영탁 〈동백꽃〉에서는 겨울 바다의 바람이 '북풍한설 몰아칠 때'의 가사처럼 매섭다. 오랫동안 천 년의 북풍 천 번을 맞으며 오롯이 서 있는 저 동백을 보라. 모진 기간과 세찬 비바람에 찢기고 아문 상처는 이겨내지만 연약한 심성은 몸에 난 상처에 부끄러움을 이기지 못하고 꽃이 통째로 떨어진다. 동백의 빨간 꽃이 활짝 피지 않았을 때 내린 눈이 꽃봉오리를 덮었다. 이때는 튼실하게 견디어낸다. 스스로 이겨낼 마음의 기운이 있기 때문이다. 그런 꽃이 활짝 피어있다가 뚝 하고 떨어짐은 자각의 문제다.

"이제
마흔 다섯 이 가슴은
방짜 가슴입니다

통째로 하나의
울음 주머니 입니다

이 가슴 한번 울면
석달 열흘 비가 옵니다."

유안진의 〈징이 되어 거기서 누가 우는가〉는 이야기한다. 작가의 마음에 난 상처를 징의 귀머니를 잘라내는 작두로 베어버렸다. 메(망치)로 트집[27]을 잡고 초울음[28]을 잡은 후에

---

27) 메(곰망치)로 징의 원형을 잡아주는 작업
28) 곰망치와 황새망치로 울음을 깨는 작업

황새망치로 재울음[29]을 잡는 과정의 아픔과 고통을 중년의 가슴에 넣었다. 통째로 방짜 징을 만드는 과정과 울음에 비유했다. 이 징과 같은 가슴이 한 번 울면 백 일 동안 비가 온다. 설움과 고통이 오롯이 느껴진다. 바람 소리에 비유한 징의 울음소리가 꽹과리의 소리인 천둥을 부르고 급기야 비가 온다. 방짜의 가슴소리는 하늘의 빗물 소리다.

생산 전부터 예약을 받아 조달청에서 직접 구매한 순도 높은 구리와 제련이 잘된 주석을 녹여 원 대장을 중심으로 여러 명이 합심해서 기도하는 마음으로 정성들여 만드는 금징[30]이다. 귀하게 생산된 징을 덕이 있는 아재가 이름과 다르게 매일 두들겨 패서 음매~~하며 황소울음을 내게 한다. 멀리 있는 소나무와 바위도 바람 타고 오는 그 소리가 풀꽃들에게까지 전해진다고 이야기한다. 징은 맞아서 떨며 울고 힘이 든데 소나무와 바위는 울음소리가 너무 좋다고 한다. 맞아서 아프지만 그래도 소나무와 바위에게 기쁨을 주니 위로가 된다.

늘 푸른 동백잎은 변함없이 한자리에 서 있다. 길을 잃고 헤맬 때 선 채로 그 자리에 있는 동백은 등대이다. 공방 정원

29) 광을 친 후에 징의 울음을 정교하게 잡는 작업
30) 징, 금징, 금라, 동라, 라羅 라고도 하며, 전(테두리)이 없는 대야 모양의 악기이다.

에 한 그루 동백이 무심한 듯 서 있다. 사월에 온갖 꽃들이 만발할 때에는 그 곁에 가지 않는다. 추운 겨울 사방이 갈색일 때 오롯이 푸른 자기 색을 간직한다. 옆 공장은 동남아 여성 근로자가 많이 근무하는 곳이다. 겨울에 동백에 눈이라도 쌓일라치면 손뼉을 치며 환하게 웃고 떠들곤 한다. 그런 동백이 꽃을 피웠다. 빨간 동백꽃이 여기저기 피어있다. 동백꽃이 피면 온화한 날씨와 온갖 꽃들이 나들이 가자고 손짓한다.

26
'제비꽃' 꽹과리 벼름질은 때리는 맛

"내가 처음 널 만났을 때

너는 작은 소녀였고

머리에 제비꽃

너는 웃으며 내게 말했지

아주 멀리 새처럼 날으고 싶어."

조동진의 〈제비꽃〉 노랫말의 한 소절이다. 겨울연가의
OST로 쓰였던 곡이기도 하다. 2002년 월드컵 경기에서 4강
에 진출했을 때 붉은악마의 공동체 응원 함성이 생생하다.
일본에서 히트 친 겨울연가는 한류의 발원이라고 한다. 뉫뜰
애愛 핀 가녀린 제비꽃이 단초가 되는 따뜻한 즐거움이 있다.
꽹과리 소리의 발원은 벼름질에 있다. 대정의 손에 잡힌 황

새망치는 때리고 풀어서 음을 만든다. 비뚤어진 모양도 잡아준다. 이렇게 풋울음은 꽹과리 '울음 잡는 가질꽃'의 진원지가 되고 가질간에서 울음이 잡힌다.

> "알란의 인생철학에 결정적인 영향을 미친 것은 남편의 사망 소식을 접한 알란의 어머니가 했던 말이었다. 이 말에 내포된 의미 중 하나는 절대로 불평하지 않는다는 거였다."

요나스 요나손의 『창문 넘어 도망친 100세 노인』에서는 길에서 죽으나 양로원에서 죽으나 달라질 것이 없다는 생각이 100세나 된 노인을 창문 넘어 도망치게 한다. 그것은 시간의 자유와 공간의 자유를 누리기 위함이었다. 노인은 가로챈 가방으로 물질의 자유도 누릴 수 있는 사람이 되었다.

방짜 꽹과리 벼름질은 때리는 맛이다. 모루라고 하는 쇠기둥에 모자를 씌운 듯 엎어놓고 치기 시작한다. 황새망치로 밖을 두드리면 음이 풀리고 안을 두드리면 음이 당겨진다. 때릴 때는 상모를 돌리는 모양으로 두드린다. 이때 꽹과리 모양으로 성형이 되는 것이다. 놋쇠의 산화 피막을 모칼로 깎고 중칼로 굴곡을 매끄럽게 해서 평칼로 칼광을 내면 그 깎는 정도와 두께에 따라 소리가 달라진다. 소리를 풀어줄 때는 밖의 왼쪽 위에서 중앙으로 깎으면 소리가 내려간다. 소리를 당겨줄 때는 안쪽 중앙에서 우측으로 깎는다.

민중 음악인 농악에서 꽹과리는 놀이였다. 놀이는 같이 공감하는 흥이다. 그런 놀이였던 꽹과리는 농악에서 사물이라는 형식으로 공연이 되었다. 공연은 놀이라기보다는 예술이다. 예술은 정형화된 형식을 수반한다. 놀이는 흥을 유도한다. 농악은 놀이다. 유기 대장간의 일은 함께할 때 가치를 내는 일이다. 같이하다 보면 다반사로 문제가 생긴다. 이때 불평하지 않는 것이 중요한 것이다. 방짜 아재들은 긍정의 기운으로 극한의 고통을 포함해 어떤 일이 일어나든 알란처럼 "세상만사는 그 자체일 뿐이고, 앞으로도 무슨 일이 일어나든 그 자체일 뿐이다."라는 인식으로 이겨낼 수가 있다.

기술의 발달로 인해 4차 산업혁명이라는 화두를 가지고 전 세계가 경쟁적으로 달려가고 있다. 공장 시스템Factory System의 기득권을 가진 독일은 계속해서 비교 우위에 있기 위해 전략적 선택을 하였고, 미국은 소프트웨어를 선택했다. 이런 풍토 속에서 극한의 작업을 이야기하는 것은 생뚱맞기 그지없다. 하지만 신중년의 선택은 전승 문화의 흥을 통해 스토리텔링을 찾고자 한다. 그것은 정체성과 자존감의 문제이기 때문이다.

모세가 광야에서 성막 기둥을 놋쇠로 만들어 사용할 때부터
오늘날까지 단조 놋쇠와 산업혁명은 계속되었다. 방짜 아재
는 시간과 공간의 자유를 얻기 위해 제비꽃을 보며 풀꽃 길
을 걷는다.

27
'개불알꽃' 두드리고 깎아 만든 꽹과리

"바둑이는 좋겠다
불알에도 꽃이 피니까."

정호승 시인은 〈개불알꽃〉에서 복주머니꽃으로도 불리는
개불알꽃을 노래했다. 같은 이름으로 여기저기 지천에 핀 파
란 꽃잎을 가진 조그마한 풀꽃은 나의 아내가 좋아하는 봄까
치꽃이다. 논의 도랑과 산야를 가리지 않고 피는 개불알꽃
이다. 작은 종지에 물을 담아놓고 그 위에 띄우면 멋진 다화
가 된다. 씨방이 개불알과 닮아서 붙여진 이름이다. 누가 그렇
게 지었을까? 복주머니는 닮지 않은 것 같다. 더 자세히 본다.
복주머니꽃은 다른 꽃이다. 같이 묶어놓은 잎 옆으로 파랗고
작은 앙증맞은 꽃이 올라온다. 무리지고 대열하여 카드섹션

처럼 피어있는 개불알꽃과 함께하는 점심시간은 평화롭다.

　파란 알갱이 작은 꽃무리 속에 커다란 노란 민들레꽃이 불쑥 고개를 내민다. 녹색 풀과 파랑 안에 서 있는 노랑 민들레는 안개꽃 뭉치에 싸인 장미같이 뽐을 낸다. 지천의 개불알꽃이 마냥 지켜본다. 소나무의 새순이 내려다본다. 소나무의 새순은 기분에 따라서 다르게 인사한다. 기분 좋을 때는 최고야 하는 모양의 엄지 척이다. 기분이 상해있을 때는 서양의 욕과 같다. 보~아~큐 하고 개불알꽃을 보며 비아냥댄다. 아는지 모르는지 여전히 청색의 작은 꽃은 봄의 따사로운 햇볕과 함께 싱그럽다.

꽹과리 벼름

- 김성수

새벽이슬 망치소리

탁탁탁 척척척

부지런한 망치소리

소리패 두런두런

상쇠 웃음 깃들고

새벽이슬 망치벼름

탁탁콩 척척콩

명장의 망치소리

타는 목마름 소리

쨍과리 벼름 망치

딱딱딱 깡깡깡

경쾌한 벼름소리

명장님 기분 짱

쨍과리 벼름 하나 둘 셋..

집중하는 눈과 망치

늘어가는 쨍과리

가족의 행복 소리

　쨍과리 벼름질(초울음잡기)은 옹이[31]를 풀어주고 맥놀이[32]를
좋게 하여주는 작업이다. 벼름질을 마친 쨍과리는 가질을 한다.
지렛대의 힘점인 칼대를 쥐고 받침점에 걸친 후에 바이트를

---

31) '굳은살'을 비유적으로 이르는 말
32) 간섭음(진동수가 비슷한 둘 이상의 음파가 서로 어울려서 생기는 소리)

장착한 칼끝으로 산화 피막을 벗긴다. 여기에는 옛 장인들의 과학이 숨어있다. 가질을 처음 배울 때엔 뼈가 다시 맞추어지는 극한의 고통을 동반한다. 잠을 자다가 한밤중에 사지가 떨리고 마비되는 고통을 수없이 반복한다. 5년쯤 지나니 정도가 덜하다. 그래서 방짜유기 작업을 극한의 직업이라 하는가 싶다.

전통악기와 반상기로 생산된 기물들은 분양되어 또 다른 따뜻한 즐거움을 만들어낸다. 두드리고 깎아 만든 꽹과리는 우리의 전통 금속 타악기다. 이 속에는 풍년 농사를 기원하며 감사하는 마음과 가족의 행복을 바라는 일상이 담겨있다. 전통예술 보존을 위해 노력하는 젊은 삶과 노년의 세월이 예술임을 보여주는 인생은 아름답다. 세상을 어떻게 감동하게 하고 놀라게 할 수 있을까를 염두에 두고 노력하는 일상은 예술이다. 새벽이슬을 깨우는 망치소리는 타는 목마름을 가진 살아있는 혼불이다.

28
'살구꽃' 다화와 질대의 쉼

"살구꽃 핀 마을은 어디나 고향 같다.

만나는 사람마다 등이라도 치고지고.

뉘 집을 들어서면은 반겨 아니 맞으리."

이호우 작가의 〈살구꽃 핀 마을〉의 한 소절이다. 밤에는
더욱 정겨워지는 정든 시골의 풍경은 야생초의 따뜻한 즐거
움과 같다. 달빛 아래 공장 조명 빛에 투사된 벚꽃 덕분에 생
산 현장임에도 느긋함이 전해진다. 공방에 온 손님도 함께
여유롭다. 종이컵 속에서도 녹차는 맛과 향을 내고 살구꽃
다화는 포근하다. 달달한 다식이 없어도 족하다. 너나 우리
의 어우러짐이 있기 때문이다.

"그림을 제대로 보려면 '눈'으로만 보아서는 안 되고 '마음'으로 볼 줄도 알아야 한다. 전시장에서 그림을 감상할 때 그림에서 몇 걸음 물러서 적당한 거리를 두어보자. 그렇게 하면 어떤 분위기나 기운 같은 것이 선명하게 다가오는 느낌을 받게 된다. 이때가 바로 마음으로 보는 순간이다."

김정숙의 『옛그림 속 여백을 걷다』에서는 마음의 눈을 이야기한다. 무엇이 내 삶을 풍요롭게 할까에 대한 물음을 생각해 본다. 마음에서 오는 기쁨이 풍요가 아닐까? 그림을 이야기하고 책을 쓰시는 작가는 나하고 다른 문화권의 사람으로 여겼으며 부담스럽게 생각했다. 그 생각은 지금도 별반 차이가 없다. 그런데 『옛그림 속 여백을 걷다』를 읽으며 그림 속에 흐르는 이야기가 재미있었고 책 속 작가는 생활인이었다. 그림을 눈으로 보아 마음으로 느끼는 감상의 거리는 일상에서도 통용이 된다. 작가와 차를 마시며 이야기하고 싶어 '작가의 차실' 프로그램을 기획했다. 지금도 '익산전통차문화원'에서 계속 진행되고 있다.

현상을 보는 것이 아니라 본질을 느껴야 한다. 인생을 경험의 대상으로 여기면 삶이 어떻게 변할까? 유기 대장간에 불꽃쇠가 춤을 춘다. 부질하는 아재의 손놀림도 춤을 춘다. 가질을 하는 아재의 질대도 춤을 춘다. 함께 흘리는 땀은 결과물을 낸다. 땀을 흘린 후에 함께하는 차 한 잔 속에 여백이 있다. 여백은 보람이다. 보람은 우리의 본질이다. 생활 속에서 일어나는 소소한 이야기로 채워지는 글이 울음 잡는 가질 꽃이다. 마음속 여백은 삶을 평화롭게 한다. 그림을 보면서 여백을 느끼는 경지가 아니어도 좋다. 함께하면 그만이다.

눈으로 보아 마음에 담고 있노라면 즐겁거나 슬픈 감정을 느끼게 되면서 작가를 생각하게 한다. 꽹과리 가질도 소리패의 얼쑤~~ 하는 추임새를 듣는 마음에 눈으로 깎아놓은 꽹과리를 쳐본다. 그 느낌 속 소리패의 공연을 직접 보지 않아도 마음으로 울림을 들을 수 있는 여백이 생긴다. 꽹과리를 깎아놓은 것은 기물이다. 기물은 현상이다. 현상을 보는 것이 아니라 본질을 느끼기 위해 노력해야 한다. 소리패가 농악놀이 할 때를 연상하며 상쇠의 흥을 느끼면서 깎는 것이 여백이다.

열심히 깎았지만 울음이 상쇠의 소리를 맞추지 못했다면 억울해도 스스로와 우리를 용서하고 힘을 얻어 다시 깎아야 한다. 울음 잡는 노력을 끊임없이 해야 한다. 이것이 불꽃쇠

방짜 아재들의 숙명이다. 일정 거리에서 작가의 그림을 눈으로 보며 마음에 담아 느끼는 여백의 미와 같다. 그 속에서 보물찾기를 하는 질대와 아재는 동심을 가진다. 꽹과리를 깎으며 농악놀이를 하는 패 모두가 행복하길 바란다. 이렇게 유기 대장간의 나와 우리가 풍요로움을 전달한다.

29
'벚꽃' 운라에 소리 넣는 방짜 아재

"봄바람 휘날리며

흩날리는 벚꽃 잎이

울려 퍼질 이 거리를

우우 둘이 걸어요."

장범준의 〈벚꽃 엔딩〉 노래의 반복 후렴구는 들어도, 들어도 좋다. 봄의 여신이 주는 축복이다. 벚꽃이 흐드러지게 핀 공방 정원에서 옆 공장의 이주 여성 노동자들이 수다를 떤다. 바람이 불면 이국땅에서 알지 못했던 그대와 단둘이 벚꽃길을 걸으리라. 벚나무는 충분히 커서 기대어도 좋다. 꺼칠한 등걸이 무어 대수인가? 이국땅에 이식된 그대의 삶에 축복이 함께하기를 기도한다.

"많은 사람들이 원하지만 소수의 사람들밖에 얻지 못하는 행복이라는 것은 분명 우리들의 마음속에 존재한다. 우리의 환경이나 일상사는 행복에 아무런 영향도 미치지 못한다. 우리는 그것의 정신적인 이미지를 의식적으로 받아들일 때만 행복이 되는 것이다. 행복은 사회적 지위나 부 혹은 물질의 소유와 전혀 관계가 없다. 그것은 우리 스스로 자유롭게 통제할 수 있는 마음의 상태이며, 그러한 통제는 우리의 사고에 의해 이루어진다."

클로드 브리스톨의 『신념의 마력』에 있는 글이다. 놋뜰애愛 벚꽃이 긴 겨울을 완전히 밀어내고 완연한 봄을 노래한다. 핑크빛 노래가 평화롭다. 다수의 사람이 원하나 소수의 사람밖에 얻지 못한다는 행복에 대해서 방짜 아재는 현재에 만족하고 있는가 하고 반문해 본다. 나름의 만족으로 입가에 미소가 진다. 나의 삶이 완전히 바뀔 수 있을까도 생각해 본다. 가능하다고 믿는다. 하지만 완전히 바뀐 삶의 모습을 그리는 것은 어렵다. 내가 원하는 삶은 무엇일까. 공동체에 이바지하고 싶으나 게으른 몸은 잘 움직여지지 않는다. 행복은 마음에서 나오는 것이니 마음을 행복한 곳에 두어야겠다.

한 번에 하나씩만 생각하는 방짜 아재는 여러 개의 작은 징으로 이루어진 운라에 소리를 넣는 일을 한다. 숙달된 현장 경험이 있어야 하는 운라에 소리를 넣는 작업은 몇 단계로 나뉜다. 먼저 시보리로 성형할 때 두꺼운 방짜 판은 높은 소리용으로, 얇은 방짜 판은 낮은 소리용으로 구별하여 분리한다. 분리되어 작은 징으로 성형된 운라는 850Hz부터 2,200Hz까지 음의 폭이 넓다. 소리를 맞추기 위해서 기물의 기본 값별로 분리한 다음 가질하여 소리를 넣는다. 가질 대장이 가질할 때 소리를 낮추기 위해 먹칼로 깊게 깎으면 30~50Hz, 중칼로 깎으면 20Hz, 평칼로 깎으면 5~10Hz의 소리가 내려간다.

소리를 넣다 보면 재미가 있다. 세종대왕 이전에는 악보가 없었다고 한다. 새로운 악기가 들어올 때 소리가 변하지 않는 돌로 만든 악기를 중국에서 함께 가져와 조율한 후에 연주했다고 한다. 음의 길이도 없었다고 한다. 세종대왕이 이 문제를 해결하였다. 이 얼마나 놀라운 일인가? 우리에게 세종대왕이 있다는 것은 이스라엘 민족에게 다윗왕이 있었다는 것과 같다. 세종대왕이 마음속에 행복을 둔 위치는 백성을 불쌍히 여기는 마음이었다. 세종대왕이 정말 자랑스럽다.

열 개의 작은 놋쇠접시 모양의 징Gong을 나무틀에 매달아서 만든 운라를 가지고 연주를 해본다. 작은 공Gong을 가질하고

벼름질을 하여 각기 다른 소리를 넣고 조율한 후에 연주하면 소리가 청명하다. 공방 정원에 구경꾼이 모인다. 더 공부해서 세종대왕이 만드신 악보를 가지고 연주해 보고 싶다. 행복이 있는 마음속 장소에 찾아가서 함께하길 바란다. 자족하며 일상에서 공동체와 함께 살며 행복을 누리고 싶다. 방짜 아재는 운라에 소리를 넣고 세종대왕이 만든 악보로 연주하는 모습을 그리며 행복해한다.

30
'돼지감자꽃' 방짜 마음과 전통 가치

"돼지감자는 '이눌린'이라는 성분이 다량 함유되어 있는데, 이 성분은 혈당을 낮춰주는 효과가 있어 천연 인슐린이라고 한다. 당뇨에 관심 있는 분들이 돼지감자를 찾는 이유다. 또한 이눌린 성분은 장내 유산균을 증가시키고(5~10배) 유해세균은 감소시키며, 식이섬유가 많아 변비에도 효과적이다. 뿐만 아니라 '이눌린' 성분은 체지방을 분해시켜 주고 돼지감자 자체가 저칼로리 식품으로 다이어트에도 효과적이다."

위키백과에 기록된 뚝감자인 돼지감자는 국화과에 속하는 여러해살이풀이다. 북아메리카가 원산지로 인디언들이 즐겨 먹던 음식인데 한국에서도 잘 자라는 데다가 키우기도 쉽다.

돼지감자의 뛰어난 효능 덕분에 인기가 많은 식품이다. "무슨 뚱딴지 같은 소리냐?"라는 말이 있다. 여기서 뚱딴지가 바로 돼지감자를 일컫는 말이다. 꽃과 줄기는 예쁜데 이와는 어울리지 않게 뿌리가 너무 못생겼다 하여 엉뚱한 상황에서 뚱딴지 같다는 말이 자주 쓰인다.

"한시를 읽다 보면, 우리하고 아무 상관도 없는 줄 알았던 일들이 바로 우리 자신의 일임을 깨닫게 될 게다. 아득한 옛날의 일이 지금 눈앞의 일인 줄도 알게 되지. 세상은 쉴 새 없이 변화하고 있단다. 그렇지만 아무리 오랜 세월이 흘러도 변하지 않는 것이 있어… 한시 속에 담겨 있는 우리 옛 선인들의 생각과 마음은 지금 우리와 다를 것이 하나도 없단다. 다른 점은 옛날에는 한자로 썼는데 지금은 우리말로 쓴다는 것뿐이지."

정민의 『정민 선생님이 들려주는 한시 이야기』 중의 일부다. 무엇이 우리에게 전통의 향기를 느끼게 할까? 우리가 배울 수 있는 것은 한시를 쉽게 이해하는 방법이다. 한시에는 우리 옛것에 대한 전통문화와 철학이 담겨있다. 아무 상관없다고 생각한 한시가 가까이 있기 때문이다. 이 일을 어떻게 하면 내 일로 받아들일 수 있을까 하는 문제이다. 방짜도 아득히 삼천오백 년 전의 일이지만 지금도 존재하고 있다. 예전엔 오롯이 손으로만 했는데 지금은 기계 단조 망치를 쓴다는 것뿐이다. 우리와 옛 선조들이 결국은 이어져 있다는 것을 알게 되는 전승의 힘이다.

시 속에 담긴 의미는 한둘이 아니다. 처지나 상황이 담겨 있고, 이별과 기다림이 있다. 옛 선조가 제작하던 방식을 재현하고 시연하신 분들이 무형문화재가 되곤 한다. 이렇게 삶을 채워 향기를 낸다. 가질을 하며 울음을 잡은 꽹과리는 몇 날 며칠 동안 내버려 두면 소리가 변하는 것을 알 수 있다. 무엇이 우리에게 마음을 울리는 여운을 남게 할까? 방짜는 오래될수록 쇠가 강해지고 고음이 난다. 물성이 변하는 이 신기한 일을 우리의 조상은 지혜로 전승했다. 고분자 분석을 하고 싶었다. 꽹과리와 징의 전통 가치는 울음이다. 이 울음을 잡는 황새망치와 손재간은 전통의 가치인 것이다.

곰망치로 재질할 때 서로 맞추는 호흡도 전통의 가치이며 같이할 때 더욱 빛나는 방짜의 전승 가치다. 돼지감자의 마음은 섭생과 자연이 지키는 신중년의 건강이다. 이 뚱딴지와

방짜의 마음이 다를 것 없다는 것이다. 옛 선조의 전통의 향기가 지금 우리가 느끼는 그것과 같다는 정민 선생은 한시를 통해 이야기한다. 징과 꽹과리 운라의 소리에서 전통의 가치를 느끼는 것도 같은 이치다.

31
'복숭아 꽃' 주파수 가변 운라 조율

"나의 살던 고향은 꽃피는 산골

복숭아꽃 살구꽃 아기 진달래

울긋불긋 꽃대궐 차리인 동네

그 속에서 놀던 때가 그립습니다."

일제강점기인 1926년 이원수 시인이 발표한 동시이며, 동요는 이일래(본명 이부근) 작곡 버전과 홍난파 작곡 버전 두 종류가 있다. 먼 옛날같이 느껴지는 고향의 봄은 운라에 소리를 넣을 때에 느껴지는 감정이다. 복숭아꽃 살구꽃같이 운라의 울음을 잡는 가질꽃이다. 운라에 소리를 넣을 때 어린아이가 사탕을 보듯이 가질을 하여 단번에 맞는 음이 나오면 말하지 않고도 행복한 얼굴이 된다. 하지만 단번에 맞추기는 어렵고 벼름질하여 음을 풀어 주거나, 당겨서 맞추는 우리는 행복을 공감한다. 공감이란 상상력을 발휘해 다른 사람의 처지에 서 보고, 다른 사람의 느낌과 시각을 이해하며, 그렇게 이해한 내용을 활용해 당신의 행동지침으로 삼는 기술이다.

방짜 아재는 운라 조율을 주파수로 했다. 운라의 소리 스펙트럼은 칼튠앱(442Hz설정)기준 약850Hz에서 2,300Hz이다. 운라는 조율할 때 형태에 따라 소리가 달라진다. 운라는 놋접시 모양의 소리판이다. 운라가 두꺼우면 소리가 높아진다. 운라의 배가 두꺼워도 소리가 높아지고, 배가 불룩하여도 소리가 높아진다. 운라는 한 옥타브가 조금 넘는 음역이며, 7음 음계로 조율되어 있다. 음계는 다음과 같다.

칼튠앱(442Hz설정)**을 활용한 주파수**Hz **가변 운라 조율표**

10_ C (남려), ⟨2,093Hz⟩, 10_ C 7(도),

9_ B♭(임종), ⟨1,975Hz⟩, 9_ B♭6(시),

8_ A♭(중려), ⟨1,661Hz⟩, 8_ A♭6(라b),

7_ G (고선), ⟨1,480Hz⟩, 7_ G 6(솔),

6_ F (태주), ⟨1,396Hz⟩, 6_ F 6(파),

5_ E♭ (황종), 〈1,244Hz〉, 5_ E♭6(미b),

4_ D♭ (무역), 〈1,108Hz〉, 4_ D♭6(레b),

3_ C (남려), 〈1,046Hz〉, 3_ C 6(도),

2_ B♭ (임종), 〈932Hz〉, 2_ B♭5(시b),

1_ A♭ (중려), 〈830Hz〉, 1_ A♭5(라b),

취타는 '불고, 친다'는 의미에서 붙여진 이름인데, 궁중에서 연주되던 행진음악인 '대취타'[33]의 태평소 가락을 2도 높이고 가락에 변화를 주어 관현악곡으로 만든 음악으로 조선시대 궁중에서 연례음악으로 쓰였으며 다른 이름으로 '만 가지 파도를 잠재운다.'는 의미의 만파정식지곡萬波停息之曲이라 불린다.

무릉도원이란 옛말처럼 복숭아나무에서 열리는 꽃은 매우 아름답다. 아시아에서는 예로부터 복숭아꽃이 한가득 핀 무

---

33) 대취타大吹打 : 취타와 세악을 갖춘 대규모의 군악. 징, 자바라, 장구, 용고와 소라, 나발, 태평소 따위로 편성되며, 주로 진문陣門을 크게 여닫을 때, 군대가 행진하거나 개선할 때, 능행에 임금이 성문을 나갈 때에 취주하였다.

룽도원을 대표적인 낙원으로 꼽았다. 그리고 복숭아꽃은 우
리나라에선 꽃 중의 꽃으로 받아들였었다. 그래서 많이들
의아해하겠지만 조선시대에는 꽃구경을 간다면 거의 복숭
아꽃이었고 그다음이 매화, 살구꽃이었다. 지금의 벚꽃과
위상을 같이한다고 할 수 있다. 방짜를 일렬로 세우고 앞에
있는 것을 치면 뒤의 방짜도 울린다. 공감이 신기하다. 여
기서 선조들의 전통에 향기를 느낀다.

4 — 숨 쉬는 방짜유기

32
'무궁화' 임금님과 평민이 쓴 놋수저

"예로부터 우리 민족의 사랑을 받아온 무궁화無窮花는
우리나라를 상징하는 꽃으로 '영원히 피고 또 피어서
지지 않는 꽃'이라는 뜻을 지니고 있다."

국가기록원의 내용이다. 무궁화의 꽃말은 '일편단심'과 '섬
세한 아름다움'이다. 무궁화가 피어있는 광전자 앞 석암로
13길을 지나 향나무 울타리 담장 옆으로 걸어서 출근한다.
샤론의 꽃이라 불리는 무궁화를 보며 방짜의 산화 피막을
벗기는 수작업인 가질을 은근과 끈기로 이겨냈다. 출근길은
풀꽃들의 위로와 격려도 한몫했다. 그 옛날 오래전부터 자
연이 계획한 일처럼 오늘도 익숙한 길을 걸어서 출근한다.
고마운 일이다.

　가마솥에 누룽지를 놋수저로 박박 긁어서 주시던 분은 누구였는지 기억조차 가물가물하다. 추억의 옥수수 빵도 그렇다. 조선 시대에는 임금님도 놋수저를 썼다. 왜 왕은 놋수저를 썼을까. 아마도 사용하면서 체득된 지혜의 결과물이었을 것이다. 식중독, 균 등 각종 유해 세균의 살균 효과와 해독성, 인체에 유익한 미네랄 성분이 생성되어 건강에 매우 좋았다는 것을 검증할 시스템은 없었겠지만 오랜 경험 속 노하우를 통해 알게 되었을 것이다.

　백성들은 그들이 만들었기 때문에 놋수저를 사용했을 것이다. 조선은 수저와 젓가락에서는 왕이나 평민이나 평등을 실천했다. 조선의 힘이다. 더 알고 싶지만 알 길이 없어 부족함을 많이 느낀다. 구약성경 속의 지성소에서는 매일 짐승을 잡아 제사를 지냈다. 짐승으로 인한 불결한 환경으로 전염병이 돌 수 있는 조건이었다. 또 이스라엘 민족은 많은 가축을 길렀다. 조선 시대나 3,500년 전의 모세가 살던 시대나 구리가 살균능력이 있다는 것을 장인들은 알았다.

　단백질, 비타민 등 각종 영양소를 장시간 유지시켜 주는 놋그릇에 대하여 숨 쉬는 그릇이라 부른다. 토방이 있는 장작 부엌과 가마솥에는 누룽지를 긁는 놋수저의 즐거움과 숭늉의 구수함이 있다. 어릴 적 향수는 황금빛 놋그릇을 정갈하게 놓고 싶은 마음을 만든다. 어머니가 가마솥 위에다 파전을 부쳐서 반달 놋수저로 찢어주시던 그 그리움을 다시금 경험하고 느끼고 싶다.

전통 예절에서 식사 중에 소리를 내지 말아야 하는 경우는 세 가지였다. 음식이 입에 들어있을 때 말하지 않는 것과 수저와 그릇이 부딪치는 소리를 내지 않고 국물 음식을 마실 때 후루룩 소리를 내지 않는 것이다. 쇠로 수저를 만들어 쓰기도 하였지만 그릇 또한 쇠로 만들어 쓰는 경우가 있었기 때문에 식기와 수저가 부딪치는 소리에 예민했던 것이다.

방짜 반상기는 4차 산업혁명시대를 사는 우리에게 필요한 생명의 그릇일까? 생각을 해보면 답이 나온다. 노이즈 차폐나 컴퓨터 앞에서 오는 정전기 제거를 위해서라도 이 시대에 필요한 최적의 식기다. 평등을 이루자, 공동체의 자급을 이루자. 놋수저와 젓가락을 통해서 행복이 전달되기를 소망한다. 가정에 건강이 함께하고 평안하기를 빈다. 불꽃 쇠 방짜 아재는 일상에 묻고 답을 한다.

33
'해바라기' 황금빛 방짜 팔찌

"노란색이 죽도록 좋아

노랗게는 그렸겠지만

노란 네 얼굴, 누구를 닮았기에 그렇게 사랑했을까."

민길호의 『빈센트 반 고흐, 내 영혼의 자서전』에 나온 「열 네 송이 해바라기꽃」의 해바라기에 관한 내용이다. 고흐가 해바라기를 그리게 된 배경에는 목사였던 아버지의 영향이 있었다. 해바라기가 태양을 쫓아가듯이 인간도 하느님을 쫓아가야 한다는 내용을 공부했기 때문이다. 신앙심을 표현하는 방편이다. 해바라기의 고향인 잉카제국에선 해바라기는 태양신을 의미했다.

천재 화가 고흐는 생레미 시절에 카페의 여주인 세가토리를 사랑했고 그녀의 태중에 아이가 생겼다. 하지만 그녀는 기뻐하지 않았으며 몹쓸 병까지 얻었다. 결국 아이를 낳지 않았고 고흐는 상심하였다. 카페를 찾았을 때 그녀와 함께 있는 남자와 엉망진창으로 싸우기도 했다. 세가토리가 겪을 슬픔과 고통을 안타까워하며 자화상 같은 〈네 송이 해바라기 꽃〉을 캔버스에 유채화로 그렸다. 여문 네 송이의 해바라기 줄기가 위용을 자랑하지만 한 송이는 꺾어진 줄기를 허공으로 향해 초라한 자신의 모습을 투사한다.

방짜 판을 잘라서 담금질을 하면 팔찌 원자재가 만들어진다. 젓가락 판같이 생긴 놋쇠를 구부리고 말아서 팔찌를 만드는 광간 아재는 점심시간이 없다. "왜 점심시간에 쉬지 않으시고 일하세요?" "응. 자는 걸 보이기 싫어서." 한사코 곧으신 자세로 일관하신다. 롱로즈로 구부리는 놋쇠 링은 이내 방짜 팔찌로 성형된다. 이렇게 해서 광을 치면 열을 받아서 탄력이 생긴다. 기능성 방짜 팔찌를 차고 있으면 쥐가 안 난다며 차보라 권한다. 해바라기처럼 발은 현실에 두고 머리는 하늘을 소망하며 씨로는 이웃에게 보탬이 되기 위해 노력한다.

구리와 주석을 합금해서 만드는 방짜 팔찌는 여러 방짜 아재의 숨결이 담겨있다. 용해 아재의 땀과 압연 아재들의 수고, 담금질하는 아재의 성실함이 배어있다. 또 여기에 연마하는 수고로움과 디자인, 판매 등의 일반 관리가 덧붙여진다. 단순한 일을 반복하는 성실한 방짜 아재들의 노고를 보고 있노라면 도가 따로 없다. 이 단순한 팔찌도 여러 종류로 나누어진다. 링 12mm는 돌잔치용이고 16mm 16.5mm에서 18mm까지 0.5mm 간격으로 만드는 것은 여성용이다. 남성용은 굵다.

손오공 머리띠 모양, 단순한 모양, 가운데를 찢은 모양 등 다양한 방짜 팔찌가 공예나무에 열렸다. 만든 제품을 파는 것은 주인의 몫이다. 수공예품을 만드는 장인이나 농민은 생산자와 소비자가 직접 거래하는 구조를 만들어내야 한다. 그렇게 하려면 생산자이자 소비자인 방짜 아재는 온라인과 오프라인에서 친구를 많이 만들고 지속적으로 소통을 해야 한다. 수공예인은 농민 또는 도시근로자의 요구를 파악하고 농민 또한 같은 방법으로 노력해야 한다. 익산에서는 구도심 활성화 전략으로 영종통(익산의 구도심)에 문화의 거리를 조성해서 많은 문화행사를 한다.

문화 장터에 농민이 함께하면 좋겠다. 생산자가 곧 소비자가 되는 모형이어야 한다. 앞으로는 안심 먹거리와 문화 생산과 소비가 신중년의 방향이기 때문이다. 왜 농민이 방짜

팔찌를 차야 되는지는 자명한 일이다. 놋쇠는 구리와 주석의 합금으로 만들어진다. 이 쇠를 불에 달궈 두드리고 담금질하여 성형하면 방짜가 된다. 광간 아재는 점심시간에도 일을 하신다. 일이 몸에 배어있다. 구부리고 연마하면 황금빛 예쁜 팔찌가 된다. 이 기능성 팔찌를 통해 우리는 삶을 지탱하고 사용자에게는 기쁨을 선사한다. 일상에 답이 있다.

34
'쑥잎' 놋요강과 방짜 산업

쑥잎을 놋요강 위에 가질밥[34]과 함께 올려놓았다. 가질한 놋요강엔 가질꽃이 핀다. 쇠와 쇠가 부딪히며 놋쇠가 깎여나 갈 때 빛이 생긴다. 그 빛은 미립자 상태로 허공에 머무른다. 꽃이 피면 새가 운다. 왜 그럴까? 정지된 꽃에는 대전된 전 자가 있고 그 전자는 벌이 쏘아주는 양자로 인해 꽃을 피우 고 더 큰 자연을 불러들인다. 자연의 법칙이다. 자연법칙은 우리를 숨이 막히게 가두기도 한다.

　"저마다 마음의 다락방이 있다. 평소에는 잘 찾지 않다 가 무슨 일이 생겨야만 찾아들어가는 곳. 그 무슨 일은 대

---

34) 가질(삭형)할 때 나오는 황금빛 잔해

부분 '삶이 나를 속여서 슬프거나 노여울' 때다. 다락방
은 내가 나를 보듬어 위로할 수 있는 공간이다. 바꿔 말
하자면 누군가에게 이해받지 못해서 혼자 외로움을 달
래는 공간이랄 수 있다. 고단한 어깨를 기댈 단단한 품과
뛰는 심장을 다독이는 안온한 공기가 머무는 곳."

안은영의 『여자 인생 충전기』의 일부다. 마음을 둘 공간에
책과 좌종을 놓고 파동 테라피를 해보자. 나만의 다락방에
서 쉼을 갖는다. 정감 가고 재미있는 기능성 방짜들이 많다.
옛것들은 저마다 기억의 창고가 있다. 기억이 사라지면서
삶의 재미가 덜해진다. 우리 민족은 황폐한 시기인 전쟁 중
에도 성장을 위해 유기 산업을 전승했다. 치유되면 모습도
달라진다. 이 달라질 모습을 위한 공간을 생각해 본다. 청
명한 소리를 내는 좌종으로 명상을 유도한다.

『산림경제』에 기재된 여자의 혼수품 중에 놋요강·놋대야
가 들어있는데, 가세가 어려우면 요강 둘을 해준다고 하였다.
요강은 부여지방에서 삼국시대 유물과 함께 출토될 만큼 오
랫동안 사용되어 온 생활용품으로 신분의 고하를 막론한 필
수품이었다. 단지 방사용 기물[35]이었을까? 의료용으로도 사

---

35) 살림살이에 쓰는 그릇

용하지 않았을까? 하는 의문이 있다.

조선 시대에 동물 치료는 방짜 침을 사용했다. 아이를 받고 씻기는 기물로도 사용된 것은 살균효과가 있기 때문이다. 삭도[36]도 그렇다. 사용할 때 베여도 덧나지 않기 때문이다. 사람은 육체 오물뿐만 아니라 마음 오물도 많이 배출한다. 마음 오물은 어떤 방짜와 함께하면 좋을까? 이제는 전시물이 되어버린 놋대야와 요강 등 혼수품은 조선 시대에는 꼭 필요한 기물이었다. 2차 세계대전의 패전국인 일본은 조선의 유기를 공출이라는 이름으로 수탈했다. 이때 우리의 유기는 총알로 만들어졌다.

우리는 이러한 황폐한 시기를 지나 6.25를 겪었다. 전쟁 중에도 총알을 녹여 방짜유기를 생산했다. 전쟁이 끝나고 방짜산업이 꽃피나 했는데 산업사회에 들어서면서 연탄의 일산화탄소로 인해 놋쇠는 녹이 많이 슬어서 사용하기 불편해졌다. 편리한 스테인리스에 밀려 점차 사라지게 되었다. 1980년대에 들면서 옛것과 우리 문화에 대한 복원 및 전통문화 전승에 대한 붐이 일어 생명의 식기로, K-Pop의 원조인 사물놀이의 악기로 위상을 가지게 되었다.

이제 우리는 맞춤형 시장으로 진입하게 되었다. 3D 스캐

---

36) 출가 시 머리를 깎는 데 사용하는 기물

너와 3D 프린터가 주도하는 5G 환경에 적응해야 하는 과제에 직면했다. 주변은 온통 4차 산업혁명군에 들어가지 못하면 낙오되는 모양의 환경이 조성되었다. 그럼에도 여전히 3,500년 전의 고루해 보이는 전통은 계속 이어지고 있다. 전통문화를 이해하고 사랑하는 것은 시대가 달라져도 마음은 같기 때문이다. 전통문화를 사랑하는 취향공동체의 필요를 알기 때문이다. 우리 민족의 두레풍장 정신이 길 위에 연희 인문학으로 계속 이어지는 것과 마찬가지다.

방짜유기장은 전통 공예를 대표하는 협회와 단체의 수장으로 활동하기도 했다. 이렇게 전통 금속공예품으로 명맥을 이어오다가 한국도자기, 행남자기와 같은 반상 업체에서 유기그릇을 판매하게 되면서 유기 공장들은 앞을 다투어 컴퓨터 수치제어 공작기계CNC로 대량생산을 하게 된다. 시장의 수요가 많아진 탓이다. 그러나 한정된 수요에 비해 대량 생산된 유기 공장들은 자금의 시차를 맞추기 위해 저가로 많은 물량을 방출하게 된다. 경쟁이 치열해지면서 저마다의 사활을 건 문화가 새로이 형성되고 있다.

35
'칡꽃' 조선의 수공예품 놋그릇

산과 들에서 늦여름에 피는 칡꽃이 있다. 칡넝쿨은 다른 물체를 감고 오르며 길게 자란다. 덩굴이 무성해도 칡꽃이 다 있는 것은 아니다. 냇가를 끼고 있는 골짜기에 서식하는 칡넝쿨에만 칡꽃이 있다. 꽃분홍과 보랏빛이 섞여있는 꽃이다. 칡꽃 군락지에는 아카시아 향만큼이나 청량하고 그윽한 칡꽃향이 난다. 하늘 공간 모두가 제 것인 양 손을 휘두르며 뻗어 나가는 줄기에서 해를 향한 열정적인 모험심을 본다.

칡의 뿌리는 녹말과 즙을 내어 마신다. 잎은 초봄에 덖음차[37]로 꽃은 7~8월에 꽃차로 음용한다. 투명유리 작은 잔에 보랏빛 칡꽃차를 띄워보니 칡꽃이 개화한다. 도시의 건축 공

---

37) 전라도 방언으로 '볶다'라는 뜻

간에서 자연을 만나는 순간이다. 맛은 달짝지근하고 향이 살아있다. 목 넘김이 좋고 청아하다. 조선의 산야에서 깊이 뿌리 내려 생활문화를 지키는 칡꽃차와 놋그릇에서 조선 선비의 풍류와 전승 문화를 느낀다.

"조선 초기에는 관영 수공업체제가 위주였다. 각 분야의 장인들을 공장 안에 등록시켜 각급 관청에 소속케 하여 필요한 물품을 제작하였으며, 이러한 관영 장인들은 식비 정도만을 지급받았기 때문에 자신의 책임량을 초과한 생산품에 대해서는 장세를 납부하고 판매하여 생계를 지탱했다. 한성의 여러 관부에 소속된 경공장이 2,800여 명, 지방의 감영, 병영, 수영 및 각 군현에 배치된 외공장이 3,500여 명 정도였다. 관영수공업자 외에는 민영 수공업자들도 있었는데 이들은 주로 농기구나 양반들의 사치품류를 제작하였다."

위키백과의 내용이다. 조선 초기에 관영 수공업 체제에서 민영 수공업자들은 식비만 받고 양반의 사치품을 만들었다. 선대제 수공업이었다. 후기에는 공인과의 관계뿐 아니라 대상인들과도 깊은 제휴를 한다. 이때 점촌과 보부상이 생겨

났다. 유기(놋그릇)는 안성의 맞춤유기와 납청의 양대유기가
있었는데 납청의 유기는 단조 기법을 사용하여 물성을 조밀
하게 만들어 제품이 얇았고 맞춤유기는 거푸집에 부어 만들
었기 때문에 문양이 좋았다. 6.25 이후에는 납청 사람들이
이남에 내려와 물주와 점주로 나뉘어 방짜유기 공장을 운영
하다가 점차 투자와 운영을 함께하는 형태로 경영돼 왔다.

  80년대 이후에는 무형문화재를 중심으로 독점적 지위를
가지고 방짜회사가 운영되었다. 그 뒤를 이어 경력자들은 지
방문화재가 되어 판로를 개척하는 꿈을 가지고 노력했으며
성과도 있었다. 현재의 유기(놋 제품) 시장은 공산품인가, 수공

예 제품인가로 구별한다. 산업기술이 발전되면서부터 기계화, 현재화된 제품들이 쏟아져 나오고 있다. 수준 높은 수요자들은 양산되어 쏟아져 나온 제품들과 수공예품을 선별하여 구매한다. 양산품 제조자는 악성 재고에 시달리지 않으려고 노력하고 있다. 수공예품 생산자 역시 힘들기는 마찬가지다.

수공예품은 생산되는 양이 적어서 매출 측면으론 영세성을 면치 못하고 있다. 이런 현실은 현장 최전선에서 수고하는 방짜 아재들의 처우 개선 문제를 어렵게 한다. 산업사회를 거친 신중년들은 열심히 나와 가족을 위해서 사십 년 이상 종사했지만, 노년의 안정된 생활은 보장하기 어렵다. 각자 투자에 대한 결과물이라 치부하고 감사로 받아들이기에는 땀 흘리고 있는 종사자로서 가슴이 먹먹하다. 하지만 4차 산업혁명 작업군에 들어가지 않으니 고용불안은 없을 거라고 스스로를 위로한다.

조선 초기의 관영 수공업자나 후기에 양반들의 금을 대신한 사치품을 제작한 민영 수공업자나 오백 년이 지난 지금의 자영업자나 그 종사자들은 그 누군가의 무언가를 위한 사치품을 만드는 일꾼일 뿐이다. 일꾼은 일이 있으면 좋다. 그냥 일이 좋아서 하는 방짜 아재들의 삶에 박수를 보낸다.

36
'이질꽃' 정전기 제거용 방짜 팔찌

"꽃을 마주해 보면 알게 됩니다

사랑은 어떻게 해야 하는지

눈맞춤을 해 보면 알게 됩니다

꽃은 꽃으로 말을 합니다

언제나 그 자리에서

제 몸 살라 피워내는 향기를 붙잡지 않고

바람에게 모두 내어주며

사랑은 이렇게 하는 거라고

침묵으로 말을 합니다

그 꽃이 이질풀로 피었습니다"

김승기의 〈이질풀〉 한 소절이다. 완주군 상관면 자연 휴양

림 편백 오솔길 도랑에 핀 이질꽃이 웃는다. 그 웃음이 하도 예뻐서 일행과 떨어졌는지도 모르고 감상하다가 폰카를 들이댄다. 이 조그맣고 앙증맞은 꽃의 이름은 무얼까? 도랑과 산을 취하게 하는 이 작은 꽃의 정체는 과연 무엇일까? 궁금하다. 일행과 합류하여 편백 숲에 앉아 있다가 오솔길을 또 걸었다. 놋쇠 작가 방짜 아재가 전하는 풀꽃 톡 유기 대장간에 포스팅할 생각을 하니 몸과 마음이 가볍다.

새벽 비에 젖어 마르지 않은 잎이 맑은 구슬처럼 예쁘다. 출근길에 즐거움을 주는 이름 모를 풀꽃들이 고맙다. 방짜 아재의 충전이다. 출근길에 충전한 에너지로 발우를 깎으며 방전한다. 유기 대장간은 숨이 막히게 덥다. 습도가 높아 더 답답하다. 온몸이 땀띠 숲이다. 촉촉이 젖은 풀꽃들을 언제 보았나 싶다. 시원한 물 한잔해야겠다. 쓴맛이 최고인 고들빼기처럼 쓴 하루를 보내고 일과를 쓰는 이 시간이면 고된 하루에도 보람은 있다. 완제품이 된 황금 방짜처럼 하루가 빛이다.

"정전기가 잘 일어나는 옷을 입거나 카펫 위를 걸으면 몸 표면에 정전기가 쌓인다. 이것이 단숨에 방전되는 현상이 바로 문 손잡이를 잡거나 차에 타는 순간 일어나는 불쾌한 정전기이다. 이 같은 방전 현상이 일어나려면 적어도 3만V에서 4만V의 전압이 필요하다. 체표 정전기도 몸에 악영향을 미치므로 정전기가 잘 일어나는 옷은 안입고 전기제품에 둘러싸인 생활은 되도록 멀리하는 것이 좋다."

호리 야스노리의『모든 병은 몸속 정전기가 원인이다』의 내용이다. 몸과 뇌 속에 '벼락'이 쳐서 병이 생긴다는 호리 야스노리 교수는 몸속 정전기가 모든 병의 원인이라고 주장한다. 전기를 전공한 필자는 모세혈관의 직경이 $7.5 \sim 8\mu$이며 비슷한 크기를 가진 적혈구가 지나가며 생기는 현상은 베트남전에서 구찌동굴을 통과하는 것 같이 죽느냐 사느냐의 스트레스가 발생하는데, 이 스트레스로 열이 나고 열은 전기에너지의 또 다른 변화에 의한 에너지라는 설명이 가능하다.

식물에게 정전기장이 있다는 것은 1929년부터 알려져 왔다. 식물과 꽃은 전기적으로 접지되어 있다. 이것은 꽃잎과 꽃가루 알갱이가 보통 약한 음전하를 띤다는 것을 의미한다. 공기와 마찰로 강한 양전하를 취득하는 벌은 약 450볼트 정도의 전하를 띠고 있다. 몸속에 정전기가 쌓이고 벼락이 친다면 무서운 일이다. 또한 체표 면에 대전된 정전기가 황금빛 방짜 팔찌를 차면 제거된다는 것은 체험을 통해 알 수 있다.

이 정전기가 대전[38]되었다면 방전되는 것은 사실이기 때문이다. 만약 체내에서 그런 일이 일어난다면 '무서워요'라고 감정언어가 나오게 되어있다. 정전기가 몸 표면에 쌓이는 환경에 노출이 될 경우에 방짜 팔찌를 차면 몸 표면에 있는 정전기가 도전체 놋쇠인 방짜로 대전한다. 이때는 차를 타더라도 아무 일도 일어나지 않는다. 체표에 있는 정전기가 방짜로 옮겨갔기 때문이다.

일상생활에서 정전기가 체표 면에 쌓이는 것은 많은 경험으로 알 수 있다. 또 비 오는 날 천둥 번개에 의한 역써지전 압Voltage Spike으로 TV 등 고가의 전자 제품이 망가지는 것을 경험하게 된다. 이때에 전기 코드를 빼놓으면 예방할 수 있듯이 우리의 인체도 방짜팔찌를 차거나 흐르는 수돗물로 손을 자주 씻어주어 정전기를 수시로 빼내야 한다. 흙을 가까이하고, 해변을 맨발로 걷고 미네랄을 섭취하는 간단한 방법으로 몸속 정전기를 빼낼 수 있다.

---

38) 어떤 물체가 전기를 띰. 또는 그렇게 함

37
'도라지' 방짜 차훈 보습

"과학은 밖으로의 탐구이고 종교는 안으로의 탐구이다. 그리고 과학과 종교를 만나게 하는 기술이 명상이다. 명상을 하면 영혼의 질서가 바로 세워져 존재의 수치심을 깨닫게 된다.

'미안합니다'라고 고개를 숙이게 된다. '햇빛을 주시옵소서'라고 간절히 요구하면 얻어지는 것이 없다. '햇빛을 주시니 고맙습니다' 하고 감사를 하면 삶은 맑고 향기로워진다."

장길섭의 『명상의 기술』 서평에서 사람이 행복하려면 과학하는 마음과 종교하는 마음을 가져야 한다고 한다. 근본 성질은 탐구하는 마음이다. 네팔의 싱잉보울과 좌종의 모양을 섞어서 새로운 모양의 차훈기茶燻器를 만들었다. 죄종도 아니고 냉면기도 아닌 것이 차훈하기에 알맞은 기물로 제작되었다. 이어 가질을 한다. 가질은 선조의 지혜가 담겨있다. 불꽃쇠를 다루고 우김질을 하는 작업은 전통 전승작업이다. 어떻게 하면 몸이 덜 아프게 작업할 수 있는지, 작업을 어떻게 해야 하는지의 과정 속에도 과학의 향기가 담겨있다. 전승되긴 하나 구전이기 때문에 작업자의 탐구가 필요하다. 이것을 옛날에는 어깨 너머로 배운다고 한다. 나와 우리를 위해 묵상하며 연구한다. 과학과 종교는 사람을 행복으로 인도한다. 우리가 끝없이 안과 밖으로 탐구하며 감사하는 생활이 더 감사할 일을 만들어주는 것을 체험한다. 의지적으로라도 감사를 감사하면 또 다른 감사할 일이 생긴다. 방짜 차훈의 촉촉한 수분은 따뜻한 즐거움을 준다. 내면의 세계를 볼 수 있는 지혜로 내가 누구인지 알고 살게 한다.

익산 전통차문화원에서 도라지꽃을 채취했다. 모든 것이 때가 있듯이 꽃이 필 때 꽃을 따서 제철에 꽃차를 만들어야 한다. 오늘 작업을 하게 되면 이듬해까지 보라빛 꽃과 함께 차를 마시며 행복한 꿈이 지속될 것이다. 그 향기는 일상에서 쌓이고 쌓인 피로를 풀어줄 것이다. 함께 공부한 전영현 작가는 다음과 같이 도라지꽃차를 시음하고 품평을 한다.

"도라지꽃차는 달다. 입안을 매끄럽게 한다. 언젠가 맛
보았던 녹차의 달달함이 도라지꽃차에서도 나왔다. 찌뿌
둥한 날씨를 날려버린 맛이다. 구수함도 있다. 목구멍으
로 넘어간 구수함이 입안 곳곳에 머무르고 있다.

도라지꽃차의 색은 특이하다. 엷은 쪽빛 색으로 다가온
맛을 처음 경험했을 때 어떻게 표현해야 할지 몰랐다. 내
가 가지고 있는 언어의 한계성 때문이다. 그러나 몇 번의
경험과 맛을 기억하고 나서야 그 맛에 익숙하게 되었다.

영화 그랑블루에서 느껴져 온 맛을 도라지꽃차의 색으로 표현해 보면 어떨까 하는 생각을 해본다. 영화에서 자크가 보여준 바다를 향한 마음이 도라지꽃차 색으로 보였기 때문이다. 깊은 심연에 감추어진 바다색이 찻잔에 들어와 있다. 차는 깊고 깊은 마음이었다."

차훈기에 도라지 꽃차를 3스푼 넣고 80℃ 물을 70%쯤 채우고 20Cm 떨어져 얼굴에 차훈을 하였다. 이때 훈증이 모아지도록 다포를 뒤집어쓰고 들숨과 날숨을 천천히 하며 머릿속으로 사랑일기를 쓴다. 10회쯤 하고 나면 안면이 땀과 수분으로 흠뻑 젖게 된다. 이렇게 2차례를 한 후에 혼불 읽기를 했다. 프로그램이 끝날 즈음엔 참여자의 얼굴이 이전과는 확연히 다르게 보인다. 발그레한 홍조가 세상의 모든 때를 벗은 아기의 얼굴처럼 변해있다.

38
'괭이밥' 방짜 삭도와 두레 익산

"아름다움은 우리 일상생활 구석구석에 자리 잡고 있다. '자세히 보고 오래 보아야 예쁜 것'은 비단 풀꽃만은 아닌 듯하다. 사물을 꿰뚫어 보는 심미안을 갖춘 우리 선조들은 소박하고 절제하는 아름다움이 무엇인지 고스란히 보여주는 작품들을 남겨놓았다."

최웅철의 글은 방짜의 노랑과 멋스러움을 예찬한다. 꽹과리를 깎다가 잠시 들른 놋뜰에서 앙증맞고 예쁜 노랑꽃 괭이밥이 손짓하며 웃는다. 놋쇠의 가질꽃은 방짜의 산화 피막을 벗길 때 나오는 가질밥이다. 가질한 후에 괭이밥을 올려놓고 사진을 찍었다. 가질밥과 괭이밥은 노란색이다. 유기 제품들은 디너파티나 브런치 식탁에도 손색이 없다. 황금빛 품위와 장인의 혼이 들어있기 때문이다. 생활공예에 실용성을 높이고 쉼과 에너지를 얻는 것이 전통을 이어가는 길이다.

가질밥과 괭이밥이 검은 산화피막 벗기는 작업을 하고 있는 꽹과리 위에서 연출되었다. 노랑축제다. 밥은 피를 만들지만 섭생을 균형 있게 못 할 때에는 체하기도 한다. 자연은 자체로 치유이며 약이다. 괭이밥은 이름에서 알 수 있듯 '고양이 밥'이라는 뜻이다. 고양이들이 소화가 안 되어 속이 불편할 때 이 풀을 찾아 먹는 걸 보고 1920년대 조선 후기의 실학자 유희가 지은『물명고』란 책에서 '괭이밥'이라 부르게 하였다.

"방짜수저로 바꾼 그날부터 입병이 안 생기며 있었던
입병도 씻은 듯이 나았다."

(김원수 씨의 이야기와 인터넷 자료 참고- 오마이뉴스)

스님들도 머리를 자를 때 꼭 방짜로 만들어진 삭도만 사용한다. 이유는 베였을 때 상처가 덧나지 않기 때문이다. 방짜삭도의 사용 유래는 자체 살균력 때문이다. 조선시대에 청동 침이나 삭도는 자체 살균력을 가지고 있어 재사용을 해도 병균을 옮기지 않는 장점을 가지고 있었다. 또 청동면 도날 역시 수염을 정리하다 잘못하여 상처가 나도 덧나지 않았다.

방짜유기를 쓰는 음식점에서 농약을 사용한 재료를 쓰면 유기의 색깔이 변한다. 불꽃쇠의 재질이 조밀해지게 거듭 반복해서 메질하고 쇠의 순도를 높였기 때문이리라. 방짜는 우리 민족의 은근과 끈기가 고스란히 배어있고 함께 만들어 같이 공감하는 가치가 있다. 이 공감 능력을 식탁에서 나누는 가족에게는 행복이 있다. 소통이 있기 때문이다. 과거의 음식 문화와 현재의 섭생이 달라진 만큼 그릇도 달라져야 한다.

"괭이밥엔 옥살산, 구연산, 주석산, 사과산 등 산이 포함돼 있어 실제로 소화를 돕는다. 이 때문에 괭이밥은 산성의 특징인 시큼한 맛이 난다. 그래서 '시금초'라고 불리기도 한다."고 이동혁(국립수목원) 박사는 어린이 과학동아 기고문에서 이야기한다.

유기 대장간의 긴 하루는 심신이 고되고 피곤하기도 하지만 일을 하다 보면 놋쇠 조각에 상처가 나기도 한다. 하지만 그 상처에 덧나지 않는 것은 방짜가 가진 기능 때문이다. 그때 우리는 방짜의 진가를 경험한다. 방짜 아재들의 전승 기술로 만들어진 반상기와 기물들은 괭이밥의 꽃처럼 노랑으로 테이블에서 완성된다.

농사에서 두레는 우리가 지켜나가야 할 정신문화다. 우리 민족은 두레풍장을 통해서 협동과 나눔을 실천했다. 나눔은 사랑인 것이다. 그 사랑을 먹고 자랐다. 익산은 농악놀이에 필요한 악기인 징, 꽹과리, 장구, 북이 생산되는 도시다. 이에 더하여 국가 무형문화재인 이리농악이 있는 두레풍장 인문도시의 요건을 갖추었다. 익산에 유학을 오거나 식품산업을 위해 방문한 사람들에게 두레풍장과 길꽃춤(농악 놀이는 길에서 공연하므로 길꽃춤이라 했다)을 인문학적 사고로 소개했으면 한다. 익산을 농산품 생산과 두레 인문학이 존재한 도시로 널리 알렸으면 해서다.

"익산은 옛날부터 호남평야의 농산물 집산지이자 상업도시로 발달하면서 평야지방에 식기를 공급하는 유기 산업도 함께 발달하였다." 신기방기팀은 〈밥그릇에 담은 한국의 혼〉에서 이야기한다.

39
'코스모스' 방짜유기에서
박멸된 0-157균

"내 마음은 코스모스의 마음이오.
코스모스의 마음은 내 마음이다."

윤동주의 코스모스는 오직 하나뿐인 나의 아가씨로 표현
됐다. 1917년 만주 북간도에서 출생하여 항일운동을 하다가
독립운동 죄목으로 일본에서 2년형을 선고받고 복역 중 1945년
2월 16일 큐슈 후쿠오카형무소에서 29세로 옥사했다. 방짜
아재는 가을바람에 흔들리는 코스모스처럼 가질을 한다. 가
질밥이라 불리는 방짜 가루쇠가 실타래처럼 깎여나간다. 손
에 딱 붙은 칼대의 느낌은 마치 지리산 자연풍이 얼굴에 닿
는 탁 트이고 시원한 느낌이다. 방짜와 통했다. 내가 즐기는
가질꽃 피는 하루다. 황금빛 방짜는 기능성을 가진다.

"병원성 대장균 O-157균은 대장균 중 가장 강력한 균
으로 노약자인 경우는 사망을 하게 되는 균이다. 81년 미
국에서 처음 발견되어 96년 일본에서 11명의 생명을 앗
아간 죽음의 균이다. 그 대장균을 전통유기인 방짜그릇
에 넣었더니 24시간 후 알 수 없는 일이 일어났다.

　방짜그릇에서 뿌연 침전물이 발견되었다. 침전물은 균
이 사멸되어 생긴 흔적이었으며, 그릇은 표면이 부식되
었다."

(출처: 중앙일보)

　방짜 유기가 무언지 모르고 52년을 살았다. 코스모스처럼
늘 곁에 있었지만 무심하게 지나쳤다. 단지 놋그릇 제품은
제기나 불기이고, 어려서 가마솥에 붙어있는 누룽지를 긁을
때 사용하는 달챙이라 부르는 반쯤 닳아 없어진 놋수저 정
도로 알았다. 그런데 유기제품 제조업종에 종사하다 보니
어렵게 생산되는 방짜유기 기물을 대하면서 점점 귀하다는
생각과 함께 주변 사람들에게 좋은 점을 피력하게 되었다.
마치 코스모스 한들거리는 길을 걸으며 풀향을 맡는 느낌으
로 그렇게 다가가게 된 것이다. 조상의 지혜 담긴 놋그릇은
오늘날에도 보전하고 후대에 전승되어야 하는 전통문화 기
술이다.

"방짜유기에는 우리 선조들이 개발한 합금기술과 슬기가 녹아 있다. 현대 과학자들이 세계적인 특허감으로 일컫는 유기의 장점은 우선 황금색을 띠기 때문에 미학적으로 완전한 그릇이라는 점이다.

둘째, 살균기능이 있다는 점이다. 2003년 박종현 교수(경원대)의 분석으로 식중독을 일으키는 대장균의 하나인 O-157균을 죽이는 살균효과가 있음이 밝혀졌으며, 최근엔 허정원 박사(경기도보건환경연구원)의 연구로 살균효과가 뛰어남이 입증됐다.

셋째, 농약과 인체에 해로운 가스 등 독성물질에 반응하고, 보온·보냉 효과가 좋아 음식의 맛을 살려주는 기능을 지니고 있다는 점을 들 수 있다."

(윤용현 국립중앙과학관 연구관)

숨 쉬는 그릇인 방짜유기는 우리들에게 전통의 지혜와 함께 만들어 같이 먹는 가족 같은 분위기를 제공한다. 생활 식기인 반상기는 주방에서 사용한다. 방짜도 금속 식기이지만 타 식기와 함께 늘 주방에서 사용하고 활용하면 부식이 늦추어진다. 주방에서 사용하는 청 수세미와 세제를 사용하여 닦아서 물기를 말려주면 오랫동안 깨끗하게 사용할 수가 있다.

고려시대에는 빛깔이 고운 '고려동'을 생산하여 중국과 교역을 하였다. 왕족과 귀족은 방짜기법으로 제작한 얇고 질긴 청동그릇을 제기로 사용하였다. 조선 시대에는 금, 은을 중앙에서 엄격하게 통제하여 그 대치품으로 방짜유기가 많이 활용되었다. 수저와 젓가락은 일반 대중들까지도 많이 사용하였다.

병원성 대장균 O-157균을 사멸시키고 보온·보냉의 기능이 있는 방짜유기는 미학적으로나 과학적으로나 뛰어난 식기임에는 틀림이 없다. 이러한 생명의 식기는 앞으로 계속 계승되고 보전되어야 한다. 우리 조상의 과학적 지혜와 문화적 향기가 깊게 배어있기 때문이다.

40
'산수유꽃' 숨 쉬는 그릇 방짜 유기

"하늘도 보기에 좋은지

흰 눈을 따뜻하게 뿌려주고

산수유나무 가지도

가는 몸을 흔들어 인사한다."

공광규 〈겨울 산수유 열매〉 중의 한 소절이다. 사랑의 기다림을 자연도 축복하는가 보다. 하늘은 눈을 뿌려주고 가지를 흔들어 반긴다. 콩새 부부를 기다리다 가슴이 뜨거워져 눈이 충혈된 산수유를 보기 위해 요리조리 살핀다. 유기공방 정원에 산수유가 연두에서 초록으로 변해가고 있다. 빗줄기가 그렇게 만들었나 보다. 기다리는 동안에 산수유는 햇빛에 익어가고 바람에 여물어간다. 기다림이 주는 성장이다. 감나

무와 모과나무도 산수유를 따라 기다린다. 정원엔 콩새가
아니라 까치와 이름 모를 새들이 온다. 푸른 산수유나무는
반갑다고 가지를 흔든다. 참 평화롭다.

　산수유나무는 청정 자연에서 서식하는 나무인가 보다. 나
뭇잎에 거뭇거뭇한 것이 묻어있어 비에 씻겨 내려가나 했
더니 비 온 후에도 그대로 있다. 주위의 환경이 그다지 좋
지 않아서 그런가 보다. 윗잎은 잎이 마르고 아랫잎은 가운
데 줄기를 따라 검은 반점이 계속 생긴다. 왜 그런지는 모르
지만, 나무에 좋지 않을 것 같은 생각이다. 어떻게 산수유나
무를 보살피면 좋을까.

산수유꽃은 노랗다. 봄의 전령사 참빗나무 꽃이 피면 이어 나오는 꽃이 산수유다. 처음에는 참빗나무꽃과 산수유꽃을 구분하기 어려웠으나 여러 번 보니 꽃이 개별인가 뭉쳐있는가로 구분되었다. 긴 겨울이 지나고 봄의 입구에서 누군가가 노란 산수유꽃을 꺾어 회의실에 꽂아놓았다. 제법 한기가 있는 날씨에 책상 위에서 산수유꽃이 웃으며, 글쓰기 지도를 받기 위해 모인 우리를 반겼다. 산수유꽃이네! 벌써 산수유가 나왔네! 이게 산수유인가요? 처음 봤어요. 신기하네요. 어떻게 꽃을 보시고 이름을 아세요? 동기 선생님들이 이렇게 말하고 있었다.

네~. 한때 제 블로그 명이 '들꽃 품은 소달구지'였어요 하고 너스레를 떨었다. 지난겨울 전북 도청 근처의 시너지 글쓰기 코칭 시간에 있었던 일이다. 그때가 벌써 아련하고 그립다. 긴 여정 속에 있는 지금은 잠깐이다. 그 잠깐이 계속 이어지면 일상이 된다. 일상의 행복한 시간이 지나면 꿈 같은 과거가 된다. 산수유도 병해충과 비바람에 맞서며 마침내 빨간 열매를 맺을 것이다. 흰 눈이 내릴 때 콩새 부부가 오리라는 희망을 간직한 채로 기다릴 것이다.

"오랜 세월 한국인이 식기를 비롯한 생활용기와 악기로

사용해 왔던 유기는 그 우수한 재질과 기능성, 아름다운 조형미를 보이며 발전해 왔다. 유기를 제작한 장인들이나 유기를 정성 들여 닦아 은은한 광택을 탐미했던 사용자들, 또 맑고 청량하고 파장이 긴 음색을 즐겼던 사람들 모두 유기 속에 그들의 마음이나 정신세계를 담아왔다."

안귀숙의『유기장』결언 중에 나오는 내용이다. 방짜 아재는 불꽃쇠와 함께한다. 습도가 높고 온도가 높은 여름에는 견디기가 힘들다. 겨울에는 소탕에 불이 있어 따뜻하다. 그래서 겨울을 기다린다. 올겨울에는 좀 더 나아지겠지. 세월에 기대어 산다. 방짜 아재는 반상기와 꽹과리 그리고 종을 깎으며 일상에 흥을 담는다. 숨 쉬는 놋쇠 작가의 꿈이다. 이런 일상에 늘 감사한다.

41
'앵초' 노래하는 그릇 방짜 명상기

한국의 명상 보조기구 등으로 쓰이는 좌종은 측면 중심부가 볼록하다. 위로 가면서 입구가 현저히 좁아지며 세로로 긴 모양이다. 한국, 일본 문화권 좌종은 타종을 할 때 청명한 소리를 낸다. 명상 보조기구는 나라별로 조금씩 다르다. 인도, 티베트, 네팔 문화권은 입구부가 넓고 높이가 낮으며 가로로 긴 대접 모양의 울림주발Singing Bowl을 사용한다. 명상주발이라고도 한다. 가죽으로 감싸여진 나무채로 입구부 끝 곡면에 밀착하여 대고 손목을 돌리면 웅~ 하고 떨리는 소리가 난다.

"당신의 영혼 깊이 새겨진 진실한 경험이 아니라면, 그것은 글로 쓸 가치도 없소. 머릿속에 한순간 스쳐지나가

177

고 마는, 그래서 금방 잊어버릴 수도 있는 것들을 갖고 글을 쓴다면, 그것이 어찌 다른 사람들을 감동시킬 수 있 겠소?"

류시화의『지구별 여행자』의 한 대목이다. 7080시기 작가 는 인도여행에서 명상이 필요했다. 인도를 여행하며 수행자 들과 대화하고 일상을 경험한 작가는 체득한 경험으로 생생 한 글을 쓴다. 이런 진정성이 독자로 하여금 실질적인 간접 체험을 하게 한다. 방짜 아재는 삶의 체험현장 경험을 문화 로 체득한 생활인으로서 글을 쓴다. 풀꽃이 피어있는 공단 길과 놋뜰에서 풀꽃을 보면 위로를 받는다. 춘포면 천서리 '달 빛소리수목원'으로 가는 삼거리엔 야생초 농원이 있다. 농 원 비닐하우스에서 앵초를 보았다.

천국의 문을 여는 열쇠라는 별명을 가지고 있고 앵초과에 속하는 여러해살이풀이 앵초다. 차와 화전, 다식으로 찻자 리를 연출하기도 한다. 다악[39]의 종소리를 비교해 보면 한 국·일본·동남아 지역의 좌종은 같은 금속 중량의 티베트, 인도, 네팔 주발 소리와 비교했을 때 형태와 구조적 특성상 소리가 바깥으로 퍼져나가지 않고 주발 안쪽에서 맴돌며 오

---

39) 차를 마시면서 듣는 음악이나 다실에서 연주하는 음악

래도록 지속되는 것이 특징이다. 반면 네팔, 티벳의 주발은
소리가 옆으로 퍼져나가고 명상 수련용으로 많이 사용한다.
유기 대장간에서 만드는 냉면기와 볼의 중간쯤 형태이다.

　앵초 재료로 화전 다식을 준비하고 명상종을 연출하여 찻자
리를 만들었다. 차훈과 함께 사랑일기를 쓰면서 묵상을 한다.
오늘의 삶을 정리하며 만족한 하루를 회상하고 반성도 한다.
하루를 살면서 반성할 일도 용서할 일도 많다. 의지를 가지고
감사할 일을 찾아서 감사하다 보면 꿈 너머 꿈을 꾸게 된다.
사랑일기의 힘이다. 풀꽃을 보며 명상종의 소리를 듣고 진동
을 느껴본다. 색향미로 느끼는 일상이 내가 되고, 그것이 삶

이 되었다. 풀꽃이 눈 속으로 들어오면 세상의 욕심과 화는 밖으로 나가고 마음이 유순해진다.

유기 대장간에서 방짜 아재들과 7년 동안 온몸에 땀으로 멱 감으며 보냈다. 길고도 먼 시간을 돌아온 느낌이다. 초기엔 잠을 자다가 온몸에 경련을 일으키자 가족들이 놀라서 일을 못 하도록 말렸다. 그리고 6개월이 지나자 사다리에서 떨어져 원광대학병원에서 수개월을 움직이지도 못하고 누워있어야만 했다. 그 후 3년 정도 시간이 흘러 익산·삼례 간 외곽도로에서 졸음 운전하던 차가 신호대기 중이던 내 차와 추돌했다. 이런 사건 속에서도 겉으로는 멀쩡하게 서서 걸어 다니는 기적을 누리고 있다.

꽹과리를 깎는 방짜 아재는 풀꽃 길을 걸으며 명상종과 반상기 가질을 한다. 하루하루가 기적이고 감사하는 일상이 되었다. 일상에서 누리는 평화가 남의 것이 아닌 내 것이 되었다. 중앙동 손약국 앞에서 새벽 첫 버스에 몸을 싣고 부송동 동아아파트에서 내려 15분을 걸어가는 동안 풀꽃과 눈 맞추고, 작업 중에는 10시간 동안 방짜와 눈을 맞춘다. 짬짜미 점심을 먹은 후 새로운 풀꽃을 찾기 위해 머리를 숙이고 보물찾기를 한다. 놋쇠 작가가 풀꽃톡을 통하여 세상에 유기대장간의 일상을 전한다.

42
'차꽃' 황금빛 꽹과리

"차는 단순한 기호음료가 아니라 한 민족의 정신이자 문화의 근간입니다. 특히 우리나라에서는 바른 몸가짐과 검소함을 익힘으로써 자신의 마음을 닦는 수양으로 여겨 왔습니다. 삼국시대 불교문화와 함께 널리 퍼진 이후 차는 일상생활뿐만 아니라 사회 전반에 영향을 끼쳤습니다. 산수화나 풍속화, 시 등 예술 작품에서도 차의 흔적을 발견할 수 있습니다."

오치근, 박나리, 오은별, 오은솔이 쓴 『초록비 내리는 여행』의 차 이야기다. 맑은 정신으로 사물을 판단하려면 늘 나는 누구인가에 대하여 묵상해야 한다. 내 안의 나와 소통하는 훈련을 해야 하는 것이다. 정체성이 분명하고 자존감이 높은

가족은 소통하고 공감하며 행복의 방향으로 향해 간다. 여행을 통해 가족 공동체는 문화적 가치로 메디치 효과Medici Effect를 낸다. 서양에서 차는 사교와 휴식으로, 동양에서는 정신으로 승화되었다. 그 배경에는 동서양의 문화적 가치와 공동체의 특성이 있다. 꽹과리는 생활 속에서 협동하는 문화 공동체를 만들어냈다.

유기 대장간 공동체는 꽹과리를 같이 만든다. 용해도 같이하고, 압연도 같이하고, 우김질도 같이한다. 서로 공감해야 양질의 방짜 원자재를 생산할 수 있다. 공동체의 감정언어는 공감이다. 방짜의 가치는 함께하는 것이며 느끼는 것이다. 공동체가 즐거워하는 것을 함께한다는 것이다. 모두가 행복한 공감을 느낀다. 그들이 생산해 낸 기물은 행복을 제공한다. 꽹과리를 칼대로 밀고 당기며 깎는 것은 소리를 느슨하게 하거나 올리는 것이다. 공동체의 삶도 그렇다. 꽹과리라는 말은 언제 어떻게 해서 불리게 되었을까? 이괄의 난에 붙여진 이름이다. 꽹과리 소리가 나면 이괄의 부대가 온다고 말했다고 한다.

방짜 아재는 꽹과리 깎는 일을 한다. 꽹과리 겉을 밖에서 안으로 깎으면 소리가 내려간다. 칼대로 밀어준다고도 한다. 마치 사과의 껍질을 깎는 것과 흡사하다. 반대로 꽹과리 안쪽 중앙에서 구머니 쪽으로 깎으면 당겨준다고 한다. 이때 다시 소리가 올라가며 한 소리를 내게 하는 것이 울음 잡는 기술이다. 표면에 달라붙은 산화피막을 벗기는 작업이다. 당긴다는 것은 꽹과리 안쪽 중앙에서 밖으로 산화피막을 훑어내며 때론 깊게, 혹은 얇게 깎는 것이다. 이때 울림판이 팽팽하게 되며 일정한 소리를 낸다.

"순백의 꽃잎과 황금빛 꽃술을 가진 차꽃은 무성한 잎에 가려져 눈에 잘 띄지 않는다. 하지만 가지를 살며시 들추면, 정갈하고 단아한 자태의 차꽃이 소담스레 핀 광경

을 볼 수 있다. 차꽃 향기도 차향茶香 못지않게 그윽하고
은은하다."

양영훈 여행작가는 차꽃과 차향을 말하고 화개골의 차 역
사와 사람 향기를 이야기한다. 1300년의 차 역사는 1300도
에서 녹는 놋쇠의 용융점 숫자와 일치하는 우연을 연출한다.
이 황금빛 차꽃과 꽹과리는 우리의 역사 문화 속에서 민중
과 지배계급의 소통에 이바지한 기물과 감로수다. 지금도
우리는 컨벤션 행사의 원만한 진행을 위해 분위기를 잡아주
는 찻자리를 연출한다.

가족여행의 즐거움으로 피어나는 행복은 가질꽃의 결과
물이다. 하루하루가 모여 생활문화 가치를 만들어낸다. 사
교와 휴식으로, 정신과 치유로 승화된 배경에는 공생하고
협동하는 공동체 문화가 있다. 초록비 내리는 여행은 가족
공동체의 매개체로 차가 활용된다. 농민 공동체의 소통과
공감의 첨가제는 꽹과리다. 다시 보고 싶은 감정언어는 가
족 여행지인 차밭과 관련된 유적지다. 꽹과리와 함께했던
농활도 그립다. 같이해야 꽹과리는 황금빛을 낸다. 차는 찻
물에 담긴 나와 색향미로 소통한다.

5

가질꽃 피는 하루

43
'쥐손이풀' 아끼고 사랑하며

"꽃을 피우는 동작 하나만으로도 깊은 언어를 지녔거
늘 산을 덮는 향내 그윽한데, 아직도 무슨 말인지 모르겠
더냐."

김승기 작가는 〈쥐손이풀〉에 대한 애정이 격하다. 새벽의
맑은 이슬을 받아 청정세계에 피는 향기로운 몸짓을 어찌 시
궁창을 헤매는 쥐의 손으로 보는가? 꽃을 피우는 것 하나만
으로도 경이롭다. 아직도 모르겠는가? 눈으로 보지 말고 심
안으로 보아야 한다. 그래야 보는 것마다 슬프도록 아름답다.
방짜 아재의 점심시간 산책은 보물 찾아 떠나는 길이다. 땅에
붙어 사는 들풀들의 앙증맞은 모습이 마음을 사로잡는다.
익산 2공단 대한통운 사거리 모퉁이에 피어있는 작은 꽃

에 눈을 두었다. 폰카를 들이대니 들꽃이 웃어준다. '찰칵' 또 웃어준다. 유기대장간의 시름을 잊는 순간이다. 방짜 불꽃쇠를 주무르는 대장장이의 고됨을 위로하는 쥐손이풀은 이름과 달리 곱다. 풀잎의 모양이 쥐의 앞발과 닮았다 하여 붙여진 쥐손이풀 이름에 시인은 항변한다. 방짜 아재도 그렇게 생각한다. 꽃이 웃어주기 때문이다. 풀꽃을 품은 힘으로 오후에도 성실하고 인내심 있게 방짜유기를 가질한다. 퇴근 후에는 포스팅을 할 수 있어서 좋다.

"사랑은 행복 속에서 태어나는 것이 아니라 애벌레가 허물을 벗기 위해 몸부림치는 고통에서 태어납니다. 그대가 지금 고통 속에 있다면 지금이 바로 다른 누군가를 사랑할 때이고, 그대를 이 세상에 보낸 창조주를 만날 때입니다. 어쩌면 사랑은 깊은 슬픔과 깊은 고통 속에서 내 안을 들여다볼 때 가장 진실된 형체를 드러내 보이는 것일지도 모릅니다.

그대가 만일 그런 사랑을 볼 수 있다면 비로소 고통이라는 절망의 골짜기를 지나 다른 세상에서 살게 될 것입니다."

안하림의 『인문학, 사랑을 비틀다』에서 사랑으로 살아가는 존재는 소명이 이끄는 하루를 산다고 했다. 작가는 사랑이 태어나기 위해서 겪는 아픔을 애벌레가 허물을 벗기 위해 요동치는 시기로 비유한다. 고통의 틀을 깨는 몸부림과 간절함이 하늘과 소통하고 공감하면 사랑의 세계로 인도된다. 그때 사랑의 언어와 대상을 만나 행복이 존재한다. 그리고 나서야 어떻게 살아야 할 것인가를 안다. 작가는 자신을 알지 못하는 사람이 느끼는 행복은 쾌락이라고 이야기한다.

대학을 졸업한 후 전력계측제어설계실에 근무하던 30대 중반에 독립을 했다. 어떻게 살아야 할 것인가에 대하여 진지하게 고민을 해본 적이 없었다. 독립한 소기업의 대표는 수주활동과 생산, 그리고 납품과 시운전을 반복하는 생활을 해야 했다. 그래도 행복하다고 생각했다. 그렇게 지내던 중 후반에 IMF를 맞아 잡초가 뿌리째 뽑힌 것처럼 내 삶이 송두리째 날아가고 나서야 진지하게 어떻게 살아야 할 것인가를 결정하게 되었다.

그때의 회심이 이제는 복이 되었다는 것을 조금씩 느낀다. 갈 길 몰라 헤매던 자아는 창조주를 찾았고 자녀와 가족을 위해 성실하게 살겠다고 생각을 한 후에 운동화 끈만 보고 살았다. 20년이 흐른 지금은 자녀들이 장성해서 경제적으로 사회적으로 독립을 하였다. 지금 느끼는 행복은 쾌락이 아니라고 위로한다. 가족과 창조주를 사랑하는 기초 위에 행복의 성을 쌓았기 때문이다. 대상을 목적으로 대하지 않고 존재로 대하는 능력이 생겼다. 일상에 답이 있었다.

지금 방짜를 깎는 행위는 사랑을 실천하는 것이다. 의지적 사랑 실천이다. 이것이 내가 사랑하는 마음이고 얼굴이다. 하지만 사랑받기 위해서는 상대방이 좋아하는 방식으로 사랑해야 한다. 창조주는 기도를 좋아한다. 이 땅에서 하루 여행을 마치고 하늘 본향으로 돌아갈 때 이렇게 저렇게 기도해준 보따리를 가지고 가야 한다. 고통과 절망의 빈들을 지나면서 배운 사랑은 '단순하고 반복적인 일상에 행복이 있다'는 것이다. 오늘도 단순 반복적으로 가짓꽃을 피우며 하루를 보낸다. 스스로 만족하는 지금이다. 나, 너, 우리에게 필요한 그 무엇을 아끼고 사랑하기 위해서다.

44
'석류꽃' 방짜 우동기와
달달한 팥빙수

"사랑

초록의 잎새마다

불을 붙이며

꽃으로 타고 있네."

　이해인 〈석류꽃〉의 한 소절이다. 불도장을 가슴에 찍은 사랑은 지울 수가 없다. 석류에 달아오른 붉은 사랑이 전해진다. 석류의 잎은 푸르다. 그 푸르름을 즐기는 사이에 석류꽃이 빨간 불꽃으로 타오른다. 황홀하지만 끌 수 없는 사랑이다. 6월의 석류다. 출근길에 정류장 옆 석류꽃에 폰카를 들이대며 일상을 준비한다. 오늘은 불꽃쇠를 녹여 무엇

을 만들까? 우동기[40]를 깎을까? 종지를 깎을까? 버스를 타고 출근하는 방짜 아재의 발걸음이 설렌다.

방짜 우동기가 운다. 이리 깎아도 울고 저리 깎아도 운다. 젖 달라고 보채는 아이다. 우동기를 깎으려면 머리목에 꼭 맞게 부착을 시켜야 정품의 방짜유기 우동기를 가질할 수 있다. 머리목은 아카시아 나무나, 괴목 나무를 소금에 절인 물로 끓인 후에 그늘에 말려 크기에 맞도록 가공해서 사용한다. 머리목이 춤추면 가질 대정도 같이 춤을 춘다. 춤을 추고 나

40) 우동 담는 그릇 모양의 팥빙수를 담을 만한 그릇

면 온 삭신이 쑤신다. 그것이 전통문화의 전승을 위해 가질하는 것, 이 삶이 체험현장처럼 느껴지는 이유다. 모칼로 달래 보아도 운다. 중간 칼로 노력해도 소용이 없다.

우는 방짜유기 우동기를 어르고 달래서 평칼로 안정을 시킨다. 가질 대정의 일상에 담은 흥이다. 태양 같은 석류꽃이 붉디붉은 석류를 품었다. 이소플라본을 기다리는 오춘기 엄마들의 친구다. 붉은 석류꽃의 사랑과 불꽃쇠 아재들의 열정이 중화되어 삶의 평안을 만들어낸다. 상 남자의 땀 냄새와 이소플라본 석류의 융합된 산물이 평안이다. 우는 방짜유기 우동기를 달래고 있는 대정의 일상이 그렇다. 용해로에서 펄펄 끓는 불꽃쇠는 석류꽃 태양의 사랑과 같다.

촌음에 붙어있는 시간이 연장되면 일생이다. 공방 부질간에서 종을 우김질 하는 해머가 쿵덕쿵덕 소리와 함께 공간 전체를 떨림과 울림으로 채운다. 가질간에서는 좌종 깎는 사각사각 안정된 소리가 난다. '울음 잡은 가질꽃'이 황금빛 가질밥 되어 도르르 가리질 통으로 떨어진다. 맴돌이 소리를 내는 좌종이 머지않아 생산되면 전시한 후에 분양이 될 것이다. 유기 대장간의 불꽃 일상은 마치 모래시계가 비워지고 채워짐을 반복하는 사막의 풍경과도 통한다.

"아, 할아버지! 아빠가 인생이 사막이라고 하셨다면서요.

제가 그 사막을 건너가려면 제 혹에는 무엇을 채워 넣어야
해요? 갑자기 궁금해졌어요.”

“음… 사람들의 진정한 마음을 가득 담으면 되지 않을까?”

“사람의 마음을 어떻게 담아요?”

“먼저 자신의 마음을 비워야 다른 사람의 진정한 마음을
담을 자리가 생기겠지.”

마음속 창고에 다른 사람의 진정한 마음을 가득 담으면 진
짜 달콤한 인생일 것이다. 정진 작가의『경청』에서는 이야기
한다. 방짜 우동기에 담은 팥빙수처럼 시원하고 달달한 인생을
지속하기 위해 우리는 많은 시간을 고뇌하고 준비한다. 마음의
목소리가 마치 청아한 좌종의 소리를 낸다면 그 여운 속에는
쉼이 있다. 그러려면 상호 의존적인 사랑의 관계가 선행되어
야 한다. 그 울림이 공감을 만들고 상대를 이해하는 대화로
진행되기 때문이다. 가끔 가는 전주 교동은 한옥마을이다.
지인은 팥빙수가 유명한 집이 있다고 하며 빙수카페로 안내
했다. 꽃빙수를 가는 소리와 싱그러운 젊음이 공존하는 공간
이다. 이야기 소리도 경쾌하게 들린다.

방짜 우동기에 담겨 나온 팥빙수는 시원함 그 자체다. 양도
많았다. 시원하고 달콤한 인생은 어떤 삶일까 생각해 본다. 무
더운 날 함께 먹는 팥빙수에 서로의 정이 녹아있다. 하루를

여행하듯이 지내는 방법은 달콤한 팥빙수를 함께 먹을 수 있는 사람과 동행하는 것이다. 팥빙수는 둘이 먹을 때 더 맛이 난다. 하나가 아니고 둘이기 때문이다. 혼자서는 멀리 가기 어렵다. 하지만 둘이 동행하면 지루하지 않게 멀리 갈 수 있다. 목적지에 도달할 확률이 훨씬 높다. 그 사람 속에는 한 권의 책이 있다. 때론 지혜를 터득하고 함께 행복을 나눈다. 이야기하는 재미와 교훈은 사람과 함께 온다. 더위에 지친 사람에게 대접하는 팥빙수와 같다.

달콤한 행복과 팥빙수처럼 시원한 삶을 살기 위해선 사람과 함께해야 한다. 나와 우리 사이에 이해심이 있는 경청이 함께해야 한다. 이때 비로소 둘 사이에 공명이 생겨 공감하게 된다. 이해심이 모자란 경청은 질투와 시기를 동반하기 때문이다. 이 이해심과 사랑의 공명이 행복을 부른다. 감사하며 사는 삶은 평화를 부른다. 이해심 없고 질투와 증오만 있을 때 얼마나 무서운 결과를 초래하는지 우리는 알고 있다. 방짜 우동기의 속처럼 나를 비우고 이해심과 진정성의 공명이 있는 사람으로 채워야 한다. 하루를 여행하듯이 지내는 방법은 달달한 팥빙수를 함께 먹을 수 있는 사람과 동행하고 공감하는 것이다.

45
'민들레' 어머니와 놋그릇

"서당에는 으레 앉은뱅이, 즉 민들레를 심기도 하였다. 나쁜 환경을 견디는忍, 뿌리가 잘려도 새싹이 돋는剛, 꽃이 한 번에 피지 않고 차례로 피므로禮, 여러 용도로 사용되니 온몸을 다 바쳐 기여한다 하여用, 꽃이 많아 벌을 부르므로德, 줄기를 자르면 흰 액이 젖처럼 나오므로慈, 약으로 이용하면 노인의 머리를 검게 하여孝, 흰 액은 모든 종기에 효험이 있어仁, 씨앗은 스스로의 힘으로 바람을 타고 멀리 가 새로운 후대를 만드니勇, 이렇듯 민들레가 많은 덕을 가지고 있다 하여 어린 학생들이 다니는 서당에 심었다. 또 이러한 것을 가르치는 사람이 훈장이기 때문에 그렇게 불렀다."

이유미『한국의 야생화』에 기록된 민들레에 대한 내용이다. 평생 한 번만 명령을 내릴 수 있는 운명을 별에서 받고 태어난 임금님은 '하늘의 별들이여 다 떨어지라'는 단 한 번의 명령을 내렸다고 한다. 별들은 땅에 떨어져 수많은 민들레가 되었고 임금님은 양치기로 평생을 살았다고 했다. 우리 민족문화의 깊은 곳에 배어 있는 민들레다. 엄마 품이 아무리 따뜻하다지만 때가 되면 떠난다는 '하얀 민들레' 노래의 가사처럼 삶에는 스승과 엄마의 품을 떠나는 때가 있다. 그러나 민들레를 심어 9가지 덕목을 말없이 가르친 포공의 덕과 어머니의 참사랑이 있음을 우리는 안다.

"어느새 우리는 전주시 중앙동에 있는 가족회관을 향해 달려가고 있었다. 도착해서 2층으로 올라가는 계단 옆의 한지 창문들이 빨리 비빔밥을 먹고 싶게 했다. 문을 열고 들어가니 이른 점심시간인데도 식당 안은 이미 많은 손님들로 붐비고 있었다. 자리를 잡고 이리저리 둘러보다가 내 눈이 멈춘 곳은 주방 앞에 수북이 쌓아놓은 놋그릇이었다. 놋그릇에서 묻어나는 예스러움 하나만으로도 어느 훌륭한 인테리어보다 충분히 돋보였다.

놋그릇 숫자만 보아도 가히 손님을 짐작할 수 있었다.

우리는 전통 비빔밥 3그릇을 주문했다. 주문하자마자 나무 쟁반 위에 가지런히 차려놓은 반찬들을 가져다주었다. 너무 정갈해서 우리는 한참을 눈으로만 맛을 보고 있었다. 어머니께서도 음식을 꽤 하시는 분인데 '음식이 참 정갈해서 좋구나.' 하셨다."

   김순이의 〈우리고장 맛집 이야기〉 일부다. 비빔밥의 고장답게 전주는 한식집과 비빔밥집이 많다. 가족이 함께 외식을 하는 것은 소통하는 방법이고 이벤트다. 가족회관에 대해서, 가족에 대해서, 계단의 한지 창문과 전통 공예에 대해서, 특히 전통 비빔밥 밑반찬의 정갈함을 이야기하시는 어머님의 단아한 면을 느낄 수 있다. 주인의 취향도 놋그릇을 통해서 알 수 있다. 실내장식 역할도 손색없이 한다고 필자는 이야기한다. 음식을 담는 그릇에 관심이 많다는 것을 안다.
   정갈한 비빔밥과 한식, 단아한 한복, 어머니의 놋그릇은 선조의 지혜가 깃든 우리의 전통문화와 안심 먹거리에 관심을 두게 한다. 자연스레 삶이 익어가면서 섭생에도 관심을 두게 된다. 내려놓고 버리는 연습을 매일 해도 많이 채워져 있다. 잘 쓰고 싶은 욕심과 밥 사고 싶은 마음을 내려놓고 자족하는 연습을 한다. 가질하고 울음 잡는 하루하루 속에 행복이 있다고 말이다. 예전에 어머니의 놋그릇은 깨진 기와로 닦으시는 수고스러움이 있었다. 구들장 아랫목에 수건으로 싸매어 보온을 유지한 방짜 반상기는 퇴근하고 돌아오신 아버지에 대한 사랑과 존경을 표시하는 어머니의 마음이었으리라.

요즈음에 사용하는 놋그릇은 놋쇠를 열간 압연 후 시보리를 한 방짜유기가 재조명을 받고 있다. 정확한 합금비율과 함께 살균기능이 있어 숨 쉬는 그릇이라고 표현을 하기도 한다. 쉬 변색되지 않으며 주방에서 손쉽게 사용할 수 있다. 멋스러운 문양을 내는 주물유기와 단조로운 문양밖에는 낼 수 없는 단조유기가 있다. 징, 꽹과리, 바라 등의 전통 금속 타악기는 두드려서 만들어야 한다. 정갈한 비빔밥과 한식, 단아한 한복, 어머니의 놋그릇은 선조의 지혜가 깃든 우리의 전통문화이다.

46
'자주달개비' 산사의 풍경소리

"풍경 소리는 산사에서 늘상 대하는 바람 소리, 새 소리, 목탁 소리, 독경 소리와 어우러져 그 어떤 것으로도 흉내낼 수 없는 음색音色을 들려준다. 그 끊어질 듯 이어지는 떨림은 어지러운 세상에 일침을 가하는 소리다. 물질문명에서 헤어나오지 못하는 사람들에게 삶의 올바른 방향을 짚어주는 나침반이다. 풍경을 바라보며 두 손 모으고 기도하는 분도 이따금 보게 된다. 아무리 사나운 사람도, 믿는 종교가 다르다고 거부감을 나타내는 사람조차도 풍경 소리를 듣는 순간만은 평온해진다. 절에서 풍경은 그만큼 소중하고 큰 뜻이 담겨 있는 것이다. 풍령風鈴, 풍탁風鐸은 풍경의 또 다른 이름이다. 풍경소리는 바람결에 따라 나는 소리이기에 늘 같을 수 없다. 그러나 그 소리에는 헤아릴 수 없는 깊이와 철학이 숨어있다."

김청하 수필가의 〈중소기업뉴스 1911호〉 중에 나오는 대목이다. 새벽에 일어나 듣는 풍경 소리는 맑은 공기와 경치가 어울려 그윽함 그 자체다. 산사의 풍경 소리는 청아하기 그지없다. 비즈니스로 바쁜 현대인이 산사를 찾는 이유다. 산사의 맑은 공기와 졸졸 흐르는 냇물 소리, 이름 모를 새들의 지저귐 모두 자연의 소리다. 자연은 엄마 품이다. 엄마 품은 평안함 그 자체다. 엄마는 늘 바른 방향의 나침판이다. 절대적 내 편이다. 그런 내 편을 아끼고 사랑해야 한다. 이런 내 마음을 아는지 출하를 앞둔 징 울음 잡는 소리가 바람결을 따라가 멀리 바위와 소나무까지 울리게 한다.

익산 제2공단 광전자 정문 앞 큰길가에는 철탑이 있다. 출근길인 동아 아파트에서 내려 지나가는 곳이다. 철탑 아래 수풀 속에 자주달개비가 피었다. 바쁜 걸음도 잠시, 폰카를 들이대고 자연이 만든 작품을 느껴본다. 난이 핀 모양을 하고 있는 양달개비의 자태가 고고하다. 북아메리카가 원산인 이 외래종은 관상용이다. 꽃은 자줏빛이 돌며 꽃줄기 끝에 모여 달린다. 꽃받침 조각과 꽃잎은 각각 3개씩이고 수술은 6개다.

"방사능 노출 시 자주달개비는 자주색에서 분홍색이

나 무색으로 색이 변한다. 자주달개비의 우성형질은 자주색인데, 방사능 노출 시 자주색인 우성형질이 손상된다. 이때 분홍색을 발현하는 열성형질이 표현형으로 나타나게 되는 것이다. 만약 방사선에 의해 우성 및 열성형질 모두가 손상될 경우 꽃잎이 무색으로 나타나기도 한다."

환경영향평가원 남두호(블로그명 '이웃집과학자')의 포스팅 내용이다. 방사능 수치에 따라서 색깔이 변하는 자주달개비와 방짜유기 비빔밥 그릇의 공통점은 인체에 해로운 물질에 반응하여 색깔이 변한다는 것이다. 비빔밥 그릇은 국그릇보다 조금 크다. 시대에 따라서 식생활 반상기의 크기도 조금씩 달라진다. 농사를 주로 하던 때의 머슴 밥 식기는 자취를 감춘 지 오래다. 출근길 잡풀 사이에서 자주달개비를 보고 걸음을 멈추었다. 출근시간의 바쁜 걸음도 잊은 채 폰카를 들이댄 것은 산사의 풍경 소리 같은 평화로운 시간을 느꼈기 때문이다.

방짜유기 종지를 엎어 드릴로 구멍을 내고 추를 달아 흔들면 워낭소리가 난다. 워낭소리를 들으면 산사에 물 흐르는 소리와 함께 울리는 풍경소리가 자연과 동화된 한 폭의 풍경화와 동요로 다가온다. 종지를 깎는 방짜 아재는 가짓꽃

을 피우는 하루 내내 얼굴에 미소가 떠나질 않는다. 일상이
이어져 삶이 되고 그 속에서 행복을 느끼니 말이다. 산사의
풍경소리는 바쁜 일상에 혼란스러운 마음을 안정시켜 준다.
방짜유기와 자주달개비의 공통점은 우리에게 나침판의 역
할을 하는 엄마의 소리이다.

47
'앵두꽃' 맨발로 걷는 건강

"감출 수 없는

뜨거운 사랑으로

활활 불타버린

새빨간

나의 심장."

정연복 〈앵두〉 한 소절이다. 새싹은 연두색이다. 연두는
순수다. 차츰 초록으로 변화하며 때를 묻힌다. 초록은 뜨거
운 볕에 노출되지만, 연두의 빛은 따사롭다. 초록을 넘어 붉
어지다가 종국엔 새빨간 상태로 탱글탱글하게 되는 앵두는

마음을 흥분하게 한다. 앵두나무가 있는 공방 정원에서 아재는 루주같이 붉은 앵두를 훑어서 소주로 과실주를 담근다. 며칠 후 소주가 연분홍 색깔이 날 때쯤 방짜쇠에 낙관을 찍기 위해 1000℃ 이상의 뜨거운 소탕 앞에서 한바탕 일을 한다. 30년 이상 된 숙련공들도 지치긴 매한가지다.

일을 마친 후에도 소탕은 열기가 후끈하다. 땀을 흘린 후의 상추쌈과 앵두주는 맛과 흥을 낸다며 좋아한다. 처음엔 연한 연두인 것이다. 어린 아이도 맨발로 다니다가 초중고를 다니면 초록으로 변하며 질기어진다. 그러다가 고난을 맞이하여 이러지도 저러지도 못할 때 겸손해지며 연해진다. 딱딱한 방짜쇠도 뜨거운 소탕에 들어가 불꽃쇠가 되면서 가공이 쉬워진다. 새빨간 앵두는 여자 입술 같아서 자체로 즐겁다. 그릇에 담아 먹고 술을 담가 먹기도 한다. 사람은 익어서 사랑을 실천한다. 가족을 사랑하고 성실하게 일을 하고 동료와 기대어 지낸다. 방짜는 각 모양의 기물이 되어 분양된다. 단조로운 일상은 맨발로 걷는 것처럼 나와 우리에게 평안을 선물한다.

"정전기 빼는 법은 알고 보면 별로 어렵지 않다. 우선 맨발로 흙 위를 걷는 방법이 있다. 옛날에는 짚신을 신고

길을 걸어 다녔다. 맨발로 흙을 밟고 풀을 밟으면 자연스
럽게 몸속의 정전기가 빠져나갔다. 그러다가 신발을 신게
되면서 정전기가 빠져나가지 못하게 되었다. 건강해지고
싶다면 신발을 벗고 맨발로 흙을 밟고 다니자. 건강은 맨발
에서 시작된다. 바닷물이 밀려오는 해변이면 더더욱 좋다.
바닷물에 젖은 모래사장을 걸으면 정전기가 제일 잘 빠져
나간다.”

  호리 야스노리의 『모든 병은 몸속 정전기가 원인이다』를
예로 들면 살아가면서 건강의 중요성은 아무리 강조해도 지
나치지 않다. 건강하고 행복한 생활은 목적을 이루는 중요한
요소이다. 필자는 우리 몸속에서 발생하는 정전기가 병의 원
인을 제공한다고 주장한다. 우리 몸속에서 정전기가 발생하
면 반드시 제거해야 한다는 것이다. 이렇게 쉬운 정전기 빼
는 법도 일상에서 계속 반복을 해야 효과를 볼 수 있다.
  벼락 맞아 타버린 가건물의 추억이 있다. 구름이 정전기를
품고 있다가 서로 부닥치면 낙뢰를 때린다. 공기는 절연체이
므로 하늘로 솟아있는 뾰족한 곳이 당연히 절연파괴[41]가 되
기 쉽다. 번개는 그곳을 강타한다.

41) 규정된 전압을 벗어난 이상 전압에 의하여 절연이 파괴되는 현상

나는 피뢰침을 설치하지 않고 평지 논가에 가건물을 세운 적이 있었는데, 어느 날 사무실을 옮기려고 전화국에 전화 이전 신청을 했더니 동네가 달라 국번이 바뀐다고 했다. 전화번호가 바뀌지 않는 다른 곳으로 짐을 옮기고 있는 중에 천둥 번개가 쳤다. 아주 가깝고 무섭게 내리쳐서 가까운 곳에 벼락이 내리쳤구나 생각했다. 교회에서 식당 봉사를 하고 있는데 '집사님 괜찮으세요?' 하고 나에게 묻는다. '왜요?' '어제 송학동 가건물에 불이 나서 소방차가 많이 왔어요. 이장님도 집사님을 찾으셨어요.' 곧바로 현장에 가보니 6.25 때 난리는 난리도 아니었다. 불탄 임시건물 잔해의 시커먼 골조가 엿가락처럼 휘고 볼썽사납게 무너져 있었다. 접지를 하지 않은 건물은 번개가 치면 위험하다. 평지의 외딴집은 더욱 그렇다.

건축물의 낙뢰 피해를 줄이기 위해 접지가 꼭 필요하듯 인체도 정전기를 빼 주어야 한다. 사람도 접지를 해야 한다. 생활 관습상 양말과 신발을 신고 있어 그러지 못하니 일부러라도 맨발로 자주 걸어야 한다. 몸에 정전기를 빼는 방법으로 침이 사용되기도 한다. 옛날의 동물 침은 방짜였다. 건물도, 사람도 접지는 중요하다. 그러니 삶이 익어가는 사람들에게는 더욱 자연 친화적인 삶이 바람직한 것은 자명한

일일 것이다. 맨발로 걸으며 흙과 놀면서 몸속 정전기를 제거하고 건강한 삶을 누리자. 건강은 맨발에서 시작되기 때문이다. 우리 모두 맨발로 걷자. 건강을 지키자.

48
'방동사니' 혼자 메모 함께 협동

"가을이 깊어가는 나의 텃밭에

다 자라지 못해 새끼손가락보다 작은

만추의 방동사니가 꽃을 매달고 있다"

김홍락 〈만추의 방동사니〉는 산야에 많이 있는 풀이다. 종이를 만들던 파피루스의 일종이 방동사니다. 지천에서 말을 걸어도 이제야 아는 척하는 내가 무심하다. 사는 것이 시름이라 너를 잡초라 명하였다만, 가을볕 뜨거움에도 아랑곳하지 않고 의연한 너의 자태가 올곧구나. 너를 보며 종이를 생각한다. 책 쓰기도 전략이 필요하여 스스로 메모를 한다. 주제는 방짜유기, 키워드는 일상의 공감이다. 공감은 방짜에서 유래되어 나온 말이다. 주제를 공유하고 공감하기 위해서 대상 독자는 액티브시니어로 정했다.

　"책을 쓰고자 하는 CEO와 리더들이여!
　일단 책을 쓰고 싶다면 주제를 확실히 정하고 메모를 일상화하며 자료를 모으는 데 힘을 써라. 인터넷에서 쉽게 찾을 수 있는 자료가 아니라 자신이 직접 공들여 발굴한 자료의 가치가 더 빛날 것이다."

　유길문『책 쓰는 사장』의 내용이다. 방동사니의 추억은 여기저기에 많다. '이게 뭐였더라. 예전에 많이 가지고 놀았는데' 하고 집사람이 말한다. 인류가 종이를 발견하고 메모하며 기록하여 역사를 남김으로 우리는 때로 역사 앞에 서는 사람이 되었다. 책을 쓰는 사람은 관련 자료를 모으고 분석해야 한다. 이제 자료를 모으고 머리를 스치는 단상을 놓치지 않기 위해 메모를 습관화한다. 관련 책 자료는 어떻게 목록화할까를 생각한다. 자료가 되어줄 책의 정보를 먼저 정리한 후에 읽기 시작한다.
　방짜유기 제작은 함께 협동해야 한다. 업무는 협동조합의 모형을 갖는다. 용해하거나 압연할 때, 또는 해머를 칠 때는 혼자 할 수 없다. 함께해야 방짜유기를 제작할 수 있다. 하지만 울음을 잡거나 가질을 할 때에는 혼자 해야만 한다. 각자의 노하우가 필요한 공정이기 때문이다. 함께 또는 혼자 하는 일의 특성상 때로는 뭉치고 때로는 흩어져 각자의 소임을 다하면서 방짜유기를 만든다. 방짜 아재의 방짜유기 제조 과정은 함께해서 재미있고 혼자라서 행복한 구조다. 공동의 목표를 가지고 한 방향으로 가기 때문이다.

"덴마크의 협동조합이 그 단적인 예다. 동업의 한 형태인 협동조합은 서로의 신뢰를 바탕으로 한다. 덴마크 사람들은 위기에서 한 가지 목표를 향해 나아갈 수 있었고 이 과정은 각자의 노력, 희생과 인내를 필요로 했다. 여기서 상호 존중과 평등, 그리고 민주주의가 싹텄다. 협동조합은 1인 1표로 대표되는 조합원의 민주적인 의사 결정이 핵심이다. 돈이 많고 적고, 투자 금액이 많고 적고가 중요하지 않다. 모두가 똑같은 사람이고 불완전하기에 1표씩 나눈다."

오연호 작가의 『우리도 행복할 수 있을까』는 협동조합의 선진 모형을 제시한다. 같은 목표를 가지기 위해서는 많이 의논하고 한 방향으로 가야 하는데 이때 조합원의 노력과 희생과 인내가 필요하다. 특히 상호 의존적인 관계와 평등한 의사 결정구조가 중요하다. 빈부 격차와 투자금에 상관없이 한 표를 행사하는 것은 모두가 똑같이 불완전한 사람임을 인정하는 것이다. 덴마크의 사례는 우리에게 모델을 제시한다. 이렇게 협동하여 공동의 목적을 이루어내는 공동체적 사업이 진행되어야 한다.

방짜 아재의 행복인자는 아재들과 함께하는 공동체에 있다. 또한, 생산된 방짜유기가 판매되어 사용자가 행복해하는 모습을 보는 것이 보람이다. 어려운 여건 속에서도 웃음을 잃지 않고 일하는 아재들과 가족들의 웃음을 보기 위해 노력하는 가장의 멋진 모습에서 행복을 느낀다. 잘 성장해 준 자녀들을 이야기하는 방짜 아재들의 얼굴에 보람 꽃이 피었다. 아마도 덴마크 부모의 행복요인 역시 크게 다르지 않을 것이다. 협동조합의 구조가 가지는 보람이다.

협동조합이 공동구매를 하는 것은 생산원가를 절감하기 위해서이다. 직접 판매구조를 가지는 것은 조합원의 수익 구조를 더 좋게 하기 위해서다. 협동조합이 필요한 것은 홍보 마케팅을 개인이나 수공업자가 직접 하기에는 어려움이 있기 때문이다. 함께 공동구매를 해서 직판 구조를 가져야 하는 것은 농산물이나 수공예품이나 마찬가지다. 자금과 조직이

영세하기 때문이다. 우리가 함께 행복하기 위해서 협동조합
을 결성한 것이기에 각자의 노력과 희생, 인내가 필요하다.
여기에는 상호 존중과 평등이 있기에 모두가 함께 행복해질
것을 믿는다.

49
'메꽃' 시니어의 수줍은 일상

"아이들 없는

복도에

대롱대롱

목을 매단

녹슨 구리종."

나태주 〈메꽃〉의 일부다. 애기똥풀 꽃은 노란색이다. 꽃이 핀 줄기를 꺾어보면 노랑 진액이 나오는데 흡사 아이의 똥과 비슷하여 애기똥풀이라는 이름을 갖게 되었다. 찔레꽃 향이 코를 스친다. 메꽃의 분홍 종을 치면 수업이 다시 시작할 게다. 작가는 폐교된 교정에서 어린 시절을 보내고 시니어가 되어 재충전하기 위해 학교로 돌아왔다. 기행을 함께 가

고 생태관을 걸으며 옛 시절 자전거 뒤에 벗을 태우고 놀던 그 시절로 돌아가 젊음을 충전한다. 대롱대롱 매단 녹슨 구리종이 방짜의 청명한 종으로 바뀌어도 마음은 여전히 수줍은 얼굴로 메꽃이 반긴다. 방짜 아재는 어릴 적 하늘을 나는 비행기를 보며 사업가가 되어 하늘을 날고 싶어 했다.

　출근길 버스 정류장 근처에 있는 메꽃이 잘 다녀오라고 인사한다. 폰카를 움직이지 않게 잡고 화면을 터치하여 초점을 잡는다. 하나 둘 셋… 10초쯤 숨을 참고 있다가 손을 떼고 사진을 찍었다. 메꽃과 개망초는 어서 회사에 가라고 성화다. 부송동 동아 아파트에서 십오 분 동안 공단 길을 걸어 회사로 간다. 길가 양지쪽에 달맞이꽃이 여기저기 피어 있다. 새벽이라 달맞이꽃이 활짝 핀 채로 반긴다. 낮에는 꽃 잎을 오므려 마치 노랑나비 한 마리가 꽃밭에 앉아있는 모양을 하다가 밤이면 피는 달맞이꽃이다. 그 꽃에 묻힌 하얀 개망초가 안개꽃처럼 보인다.

꽃들을 사열하며 불꽃쇠 방짜 아재가 지나간다. 인생 이모작을 방짜와 함께한다. 방짜 징을 영어로 표기하면 Gong이다. Gong과 한자의 冊을 합쳐 Gong冊으로 만들었다. 책을 보면서 Gong의 새로운 의미를 생각했다. 놋쇠에 소리를 담아 사랑을 전하는 Gong冊이 되고 싶다. 방짜를 깎고 책을 읽으며 수공예품을 전달하는 비전을 가진다. 수혜자가 행복해하는 모습을 그리는 전달자의 일상은 설렌다. 과거는 죽은 것이라 했다. 미래 또한 호사가들이 생각하는 꿈이나 마찬가지라 했다. 지금 하는 책 놀이면 그만이다. 기행하고 여행보고서를 쓸 수가 있는 젊음이 그만큼 고맙다.

유기 대장간에 망치 소리가 리듬을 탄다. 벼름 아재의 기분이 좋은지 초 울음 잡는 망치소리가 경쾌하다. 성실한 신중년은 반상기와 징, 꽹과리 생산을 위해 불꽃쇠로 만든 방짜를 가질한다. 이 기물을 전달하는 전달자가 되기 위해 놋쇠로 방짜를 만든다. 재외 한국인과 소통하기 위해 관계를 준비한다. 그들의 초청을 기다리면서, 무엇을 전달할 것인가 어떻게 전달할 것인가를 생각한다. 깊은 산속에서 산나물 무쳐 먹으며 준비하는 고시생처럼 꿈을 준비하는 사람은 인내하고 위임하며 준비해야 한다. 방짜를 깎고 책을 읽으며 수공예품을 전달할 비전을 가지고 있다.

꿈에 구리 덩어리나 구리 제품을 많이 소유할 수 있으면 현실에서 그 수량에 상당하는 재물이 생긴다고 한다. 구리는 오랫동안 방짜 아재 삶의 일부였다. 고등학교와 대학교 때 전기를 전공했고 전력 제어 설계실에서 근무하며 구리와 청춘을 보냈으니 놋쇠가 낯설지만은 않다. 인내는 잘 안 되더라도 끈기 있게 해보고 또 해보는 것. 봄이 올 것을 믿고 추운 겨울을 견디는 것이다. '울음 잡는 가질꽃'을 세상에 보내기 위해서다. 날마다 평안을 유지하기 위해 애를 쓴다. 나와 우리가 늘 평안하기를 바란다. 그래야 내면의 소리를 들을 수 있기 때문이다.

50
'왕고들빼기' 쓴맛과
전통 과학의 가치

"왕고들빼기는 이름만 보면 쓴맛을 내는 대표적인 식물인 고들빼기와 연관이 있어 보인다. 언뜻 보면 이름이 비슷해서 같은 종류라고 생각하기 쉬운데, 고들빼기는 국화과의 뽀리뱅이속Youngia에 속하므로 출처가 전혀 다른 종이다.

어떤 작가는 이 식물을 '적어도 지금까지 내가 본 풀 중에 왕고들빼기만큼 야생초의 조건을 완벽하게 갖춘 풀은 별로 없었다.'고 표현하기도 했다. 가히 야생초 중의 왕이라 할 수 있다."

식물분류학자 유기억 교수가 들려주는 야생화 이야기에서 〈왕고들빼기〉의 내용이다. 삼겹살에 조화로운 쌈 채소는 소

주와 함께 사랑을 받는다. 반면 왕고들빼기는 식탁 근처에
는 얼씬도 못 했던 하찮은 존재였다. 상추와 같이 밭이나
논에서 재배하는 작물이 아니고 길가나 강변에 절로 자랐기
때문이다. 요즘 사람들은 쌈 채소가 있는 곳이면 왕고들빼기
를 빼놓지 않고 찾는다. 바로 쓴맛의 묘한 매력 때문이다. 이
른 아침 출근길에 보물찾기를 한다. 두리번 두리번거리고
찾으며 걷는 눈에 왕고들빼기가 확 들어왔다. 새벽 비에 젖
어 마르지 않은 잎이 맑은 구슬처럼 예쁘다.

　출근길에 즐거움을 주는 왕고들빼기가 고맙다. 충전한 에
너지로 운라를 깎으며 방전한다. 유기 대장간은 무지하게

숨이 막히게 덥다. 습도까지 높아 더 답답하다. 온몸이 땀
띠 숲이다. 촉촉이 젖은 '왕고들빼기'를 언제 보았나 싶다. 작
은 공Gong 운라에 소리를 넣는 작업인 가질이 나를 이끈다. 놋
쇠 표면에 시꺼멓게 눌어붙은 산화 피막을 모칼로 깎고 중칼
로 굴곡을 매끄럽게 하여 평칼로 칼 광을 내면 그 깎는 정도
와 두께에 따라 소리가 달라진다. 운라의 소리를 풀어줄 때
는 운라의 철(밖) 쪽의 왼쪽 위에서 중앙으로 깎으면 소리가
내려간다. 소리를 당겨 줄 때는 요(안)쪽의 중앙에서 우측으
로 깎으면 소리가 올라간다.

틈나는 대로 책을 읽고, 가질하는 손맛은 쌓여간다. 왕고
들빼기는 고독한 모정이라는 꽃말을 가졌다. 쌈지 공원에 피
어있는 왕고들빼기가 밝은 빛을 마주하고 사랑을 나눈다. 방
짜 아재는 가질간의 어려운 상황 속에서도 책의 주인공을 만
난다. 책 속의 주인공은 유쾌하면서도 영리하게 책의 전반을
끌고 간다. 핵 기술이 20세기를 이끌었다. 21세기는 4차 산
업이 주도할 것이다. 빅 데이터와 사물인터넷, 인공지능이
낯설지 않은 용어다. 4차 산업은 농업을 비롯해 전 사업 분
야를 선도할 것이다. 신중년이 된 필자의 선택은 수공예품을
생산하는 것이다. 전통은 기술과 함께 문화를 품기 때문이다.
전통문화 기술의 향기는 어떤 것일까?

"1945년 4월, 그들의 연구는 거의 완성 단계에 이르렀다. 이제 과학자들은(그리고 알란도) 원자핵을 연쇄적으로 분열시킬 수 있게 되었지만, 그것을 제어하는 방법은 아직 몰랐다. 이 문제에 매혹된 알란은 밤마다 도서관에 혼자 처박혀 아무도 그에게 생각해 보라고 요구하지 않은 이 문제에 대해 생각해 보고 또 생각해 보았다. 스웨덴 출신의 이 잡역부는 쉽게 포기하는 성격이 아니어서 어느 날 밤…. 아이고 저런, 어느 날 밤에…. 마침내 해결책을 찾아내고야 말았다!"

요나스 요나손의 『창문 넘어 도망친 100세 노인』은 아무리 100세가 되었어도 열정과 사랑만큼은 젊었을 때 그대로였다. 그가 양로원에 계속 있었다면 어떻게 되었을까? 연구원도 교수도 아닌 그는 발표할 기회도 없는 신분도 잊은 채 연구에 몰두하여 창문을 넘어 자유와 궁극적으로는 파라다이스를 선사했다. 이어지는 행보 속에서 마침내 핵을 제어하는 방법을 해결하고 우연과 필연 사이를 넘나들며 인도네시아 발리에서 대단원의 막을 내린다. 노인은 현재 처한 조건에 굴하지 않고 과감히 행동하는 것만이 우리 자신을 구원하는 길이라 믿었다. 노인이 슬리퍼를 끌고 무릎 통증을 이기며 겨우 650크로나(약 10만 원)의 돈이 든 지갑만을 든 채 양로원을 '탈출'한 것이다.

전통 금속 타악기인 운라는 임금이 행차할 때 취주악대에서 사용하는 작은 징 모양의 악기다. 운라에 울음을 잡고 소리를 넣는 일은 '견딜래요!'라고 말하는 감정과 전통 금속 타악기의 기술이 조화되는 가치가 배어있다. 운라에 울음을 잡는 일은 기물에 소리를 넣는 일이다. 지금은 21세기를 주도할 4차 산업이 생활과 문화 속에 깊이 자리하게 되는 환경이다. 이 기술을 전통문화에 적용해 '익산 미륵사지에서 출토된 청동합을 백제는 어떻게 가질했는지?' '상부달솔목근은 어떤 조각칼을 사용했는지?'에 대한 문화 원형에 대한 알고리즘을 만들어볼 수는 없을까?

'참을래요!' 감정과 전통 금속 타악기의 기술에 가치가 배어있다. 여기에 불꽃쇠 방짜 아재가 있다. 운라를 가질하여 전통악기를 제작하고 연주하는 것에는 전통의 향기와 과학의 향기가 동시에 배어있다. 나와 우리에게 감정을 체험하게 하고 방짜의 참 가치를 알리어 전승하는 것은 우리가 참고 견디어 행복에 이르도록 하려는 것이다. 방짜 기물에 소리를 넣는 일은 책의 주인공인 알란의 자유와 같다. 방짜의 소리와 파동은 몸과 마음에 좋은 효과가 있다. 이를 통해 쉼과 에너지가 전달되기를 희망한다.

51
'솔순' 방짜 아재의 가질꽃

"뾰쪽한 솔잎

그런 살갗으로 나비를 유인하려 한다"

이생진의 〈솔순〉에서는 흰나비가 종잇조각처럼 날아가 누군가를 따라가고 있다. 불에 덴 듯한 빨간 솔순의 볼이 더욱 빨개진다. 그런 살갗으로 나비를 유인하려 한다. 그 옛날 추억 속에서 사내아이는 홍조 띤 얼굴을 따라가고 있다. 소녀는 수줍은 붉은 빛 얼굴로 미소를 짓는다. 얼마 전 곱게 내민 솔순은 수줍어하는 소녀일 게다. 소녀의 홍조는 유혹이다. 소년이 먼저였을까 소녀가 먼저 유인했을까. 사랑은 싱그럽고 아름답다.

　신중년은 풀꽃을 쫓아간다. 풀꽃의 유혹일까? 신중년의 마음일까? 자연은 풋사랑의 에너지와 같은 새로운 기쁨을 준다. 방짜 아재는 "놋뜰"에 대한 꿈을 꾼다. 놋뜰애愛는 차가 있고 공예가 있으며 책이 있는 맛있는 공간이다. 자연과 동화한 신중년은 풀꽃과 대화하며 신선한 에너지를 얻는다. 방짜 아재는 액티브 시니어를 꿈꾼다. 추억의 종잇조각이 흰나비와 하나가 되어 뇌에서 머리 밖으로 날아가 가슴으로 들어온다. 불에 덴 듯한 빨간 볼은 소년의 볼이다. 소년의 홍조는 놋뜰애愛안에 있다. 신중년의 쉼과 삶의 에너지원이 되는 가질꽃이 왔다.

가질꽃은 방짜에서 깎여 나온 산화피막의 껍데기다. 그 가질밥이 꽃으로 피어나 방짜 아재를 쉬게 한다. 추운 겨울을 눈물로 보내고 금속 전통 타악기의 전승을 지나 꽃으로 피어난 솔순과 가질꽃이다. 한 송이 가질꽃을 피우기 위해 칠 년의 세월이 신중년과 함께했다. 아이들은 장성해서 각자의 삶을 지고 간다. 참 고마운 일이다. 가질할 땐 왼손 검지로 칼대 끝 바이트 밑을 흔들리지 않게 지지해 주어야 방짜 기물이 울지 않는다. 칼대가 튀면 위험하기도 하다. 엄지의 터널 증후군 영향으로 아침에 일어나면 꺾여있는 엄지를 한참 풀어줘야 하는 일이 발생하기도 하기 때문이다.

가질꽃은 아카시나무로 만든 머리 목에 끼운 방짜 기물의 회전속도와 칼대 끝 힘점에 미치는 힘에 따라서 굵기와 황금빛 꼬부리 모양이 달라진다. 이 모양이 꽃처럼 보여서 가질꽃이라 칭했다. 방짜 기물의 종류와 모양에 따라서 칼대 각도와 G2 바이트 모양도 다르게 쓴다. 회전 그라인더 돌과 숫돌에 갈아 만든 칼대가 대정의 무기다. 각자의 신체조건에 맞추어 쓰는 칼대는 무림의 고수들이 자기의 무공해 맞는 무기를 골라 쓰는 것과 같은 이치다.

가질밥 황금빛 꼬불이는 놋쇠 껍데기다. 솔순을 품은 방짜 속에 핀 가질꽃은 황금색이지만 푸르름이 있다. 변하지 않는 소나무의 솔순이다. 조상의 과학에 향기와 생활 지혜를 오롯이 품고 있는 옥식기 국그릇에 가질꽃을 담았다. 단조로운 삶에 황금빛과 푸름의 자연과 빛을 담고 있다. 방짜의 생명이다. 소리도 들어있고 제례도 들어갔다. 숨 쉬는 생활인의 삶도 들어있다.

뾰족한 가질 칼이 질대에서 놀아날 때 황금빛 가질꽃이 되어 나를 부른다. 함께 가자고, 좋은 소리를 만들자고, 이것이 생활인의 행복이다. 단순 반복되는 일상에 답이 있음은 방짜에 핀 가질꽃이 내 손에서 피어나기 때문이다. 이 행복은 길꽃을 품고 노는 가질꽃의 단상이다. 모두가 행복하라 숨 쉬는 자연과 숨죽인 기물도 행복하라. 함께하기 때문이다.

52
'꽃마리' 방짜유기 좌종

"우주를 그리는 데

무에 그리 많은 걸 갖춰야 되나

점 하나

콕 찍으면 되는 거지"

　김승기 〈꽃마리〉의 한 대목이다. 작고 귀여운 꽃 그중에도 작은 눈 속에 세상이 다 들어있다. 겸허해지는 순간이다. 한순간에 내가 최고였다가도 금세 작아지는 것이 우리의 인생이다. 꽃마리 같은 작가를 알고 있다. 『퀀텀리프』를 쓴 그를 우리는 작은 거인이라고 부른다. 자세히 보아야 예쁜 꽃마리처럼 생각되기 때문이다. 겸손한 윤현주 작가는 본디부터 굼뜨다고 늘 낮추어 소개한다. 한참을 보아도 예쁜 꽃마리

가 집단 서식지를 이루고 함께 반짝인다. 상남자들이 방짜유기 18킬로 좌종을 용을 쓰며 만드는 거대한 세상도 꽃마리의 겨자씨만 한 눈에 들어있다.

18킬로 좌종으로 태어난 나는 어렵고 어렵게 태어났다. 용해할 때부터 불판은 갈라지고 바둑이가 된 나에게 뿌린 톱밥은 너무 고왔다. 이물질이 섞였는지 불꽃이 하늘 높이 차올라 소방서에서 달려오는 것이 아닌가 할 정도였다. 바둑이라 불리는 방짜 원자재가 된 나는 압연해야 하는데 너무 두껍고 커서 들어가지 못했다. 소탕에서 시뻘겋게 달구어진 나는 해머로 많이 맞아야 했다. 그리고 압연기로 갔다. 이 과정을 거치면 시뻘건 불꽃쇠는 흡사 방앗간에서 국수를 뽑기 전 눌러 붙인 밀가루 반죽과 같이 된다.

압착판이 된 나는 뻘겋게 달구어진 후 작두질하는 기계로 동그랗게 다듬어졌다. 다시 불꽃쇠로 달구어 해머질이 시작되었는데 먼저 한 장씩 조금 두드려준 후에 잘 늘리기 위해 두 장을 겹쳐서 해머질을 했다. 두 장을 겹치니 약 40킬로가 되었다. 시뻘건 방짜 판이 된 나를 방짜 아재 두 명이 집게로 들어 해머기에 올리며 용을 쓰는 모습이다. 마치 전쟁터에서 사력을 다하는 장수 같다. 여기까지는 그대로 버틸 만한 상태다. 겹쳐진 두 장의 좌종 원자재는 소탕으로 들어가 시뻘겋게 달구어졌다.

이글거리는 소탕의 불꽃을 온몸으로 받아들여 뻘겋게 쭈그러진 방짜 쇠를 들어가기도 힘든 해머 밑에 집어넣어 내려치며 돌리는 것은 고추 먹고 맴맴 하는 상태다. 나만 힘든 것이 아니고 집게를 잡고 돌리는 아재는 젖 먹던 힘까지 내서 용을 쓰며 시뻘건 방짜 종이 되어가는 나를 힘겹게 돌렸다. 그 광경은 경이로움 그 자체다. 동시에 해머 아재와 호흡이 딱딱 맞아야 한다. 불에 달구어진 후에 한 장씩 빼야 하는데 고도로 숙련된 4명의 아재가 함께 집게와 공구로 빼내는 과정은 마치 불알 안 깐 돼지가 발광하는 것과 같다.

소리가 날 수 있는 좌종으로 만들어지기 위해 성형을 할 때는 고도의 집중력을 가지고 불꽃쇠인 나를 치고 돌리고 때렸다. 성형이 다 되고 이어 담금질까지 끝낸 나는 가질간 아재에게 인계되어 머리 목에 끼운 채 빙빙 돌아야 했다. 좌종의 속은 항아리 같으나 메 자국이 있어 울퉁불퉁한 자국이 있다. 가질은 지렛대 원리를 이용해서 받침점의 각도와 칼대 끝에 붙은 바이트로 산화 피막을 깎고 연마하는 일이다. 가질 대장이 되기 위해선 최소 10년은 기능을 습득해야 하는 어려운 작업이다.

좌종으로 태어난 나는 항아리 입구 같은 상단 우측면을 타종한다. 나무에 가죽을 덧입힌 다듬잇방망이같이 생긴 채로 치면 두~웅~~ 하고 맴돌이 소리가 여운을 길게 남기며 청아한 소리로 사용자의 필요를 채워 준다. 때로는 종교 행사에 또 개인적인 피로를 풀어주는 테라피 용으로 사용된다. 한바탕 좌종과 씨름하느라 방짜 아재들은 온몸이 땀으로 범벅되고 피로가 몰려올 즘에 오전일이 끝났다. 점심 식사 후엔 유기(놋쇠) 대장간의 뜰에서 보물찾기를 한다. 오늘의 보물은 꽃마리였다.

53
'청보리' 방짜 놋상

"농부의 주름살 같은 이랑마다
희망의 아지랑이 피어 올리면
어느새 검푸른 잎이 하늘로 향한다.

햇살 빛나 더욱 푸른 보리밭
신나는 연가는 종달새가 하는데
먼저 임신한 청보리가
허기진 내 배를 채운다."

류태영 〈청보리〉엔 농부의 희망가가 있다. 바람이 불어 삼
십 도 휘는 것은 봄 처녀가 자지러지게 웃을 때의 모습이다. 청
보리 밭에 부는 시원한 바람이 느껴지고 마음이 맑아진다. 농

부 주름살 같은 이랑은 골을 만들 때의 수고스러움을 담았다. 희망 아지랑이가 필 때 청보리가 익어 하늘을 본다. 종달새가 우는 청명한 날에 먼저 익은 보리를 훑어 허기를 채우는 모습에서 보릿고개의 고단함과 향수를 느끼게 한다.

먹을 것이 풍부해진 작금에는 가로수 아래 하늘을 향해 푸르게 올라오는 관상용 청보리를 심는다. 출근길에 버스를 기다리며 한 컷 담았다. 온종일 회사에서 방짜와 이야기하며 일을 한다. 아재는 놋상을 가질하고 있다. 소탕에 방짜 불꽃 쇠를 달구어 담금질을 마치면 원형의 상판을 망치로 벼름질을 하여준다. 판을 고르게 하여 가질할 수 있도록 원을 잡아주는 것이다. 특히 상판과 다리를 붙이는 작업을 방짜로 리벳을 하는데 이는 물성에 대한 지식과 수십 년의 벼름질을 통해 얻는 손재간이다.

놋쇠를 쓰는 방짜 아재는 놋상의 스토리텔링에서 글줄이 막혀버렸다. "놋상을 가질하던 박일동 옹은 가질밥이 머리 위로 날아가는 대단한 기능을 가졌다고 구전한다. 힘이 장사였고 칼대가 옥아서 다른 가질 대정이 그 칼대를 잡고 가질하면 칼이 달려 들어가 위험하다고 했다. 시보리 아재는 일감을 대주기 위해 열심히 했으나 박일동 옹은 하루 일을 오전에 마치고 퇴근했다”고 현장의 대정들이 말했다. 요즘엔 그런 기능을 가진 대정을 볼 수가 없다고 한다. 기능이 탁월한 대정은 작고해도 가질 대정들의 입에 오르내린다.

시중에 유통되는 대부분의 놋상에 리벳[42]은 구리로 되어있다. 방짜 이야기는 함께 만들고 같이 공감하는 가치가 있다. 땀을 흘리고 퇴근길에 집 앞 쌈지공원을 지날 때 보이는 청보리는 가로수 밑에서 본 청보리에 비해 무리를 지었다. 또한 컷 찍는다. 류태영 박사는 농업 부분에 대해선 입지전적인 분이다. 소시에 청보리를 훑어 드시던 기억을 표현했다. 일제 강점기에 유기 공출로 없어진 놋상이 육이오를 거치며 되살아났다가 연탄을 사용하던 개발시대에 자취를 감추었다. 요즘은 놋그릇이 웰빙 시대에 숨 쉬는 그릇 방짜 이야기로 수요가 많아졌다.

청보리는 농부의 주름이요. 놋상은 유기장이의 고된 일상이다. 류태영 박사가 전하는 희망의 아지랑이는 행복을 피어오르게 한다. 방짜 놋상은 대정의 노고를 담아 건강을 전한다. 청보리로 허기를 채우던 시절 놋상과 함께 관상용으로 누린다.

---

42) 대가리가 둥글고 두툼한 버섯 모양의 못, 놋상의 상판과 다리를 잇는 데 쓴다.

54
'달맞이꽃' 방짜로 액티브시니어

"잊혀진 기억의 저편 언덕

그 어디쯤에도

달맞이꽃 피어나

달맞이 가잔다

그리운 사람들 모두 모여

함께 가잔다"

김시천 시인의 〈달맞이꽃〉은 달이 뜨지 않아도 때가 되면 피는 성실한 꽃이다. 홀로 핀 달맞이꽃은 달보다 더 환하다. 아마도 임이 오시는 것을 확실하게 믿고 있기 때문이 아닐까? 내심 기대하며 사립문에 귀의 신경이 온통 집중되어 있다.

그리운 날에는 그리운 사람을 그리워하나 보다. 보도블록 사이에 달맞이꽃이 피어있다. 낮에는 꽃밭에 앉은 나비 날개처럼 꽃을 접고 있는 달맞이꽃이 활짝 핀 얼굴로 잘 다녀오시라고 인사를 한다.

노랑이의 인사가 노랑과 하루를 보내는 내게 특별하게 다가온다. 방짜 아재는 빙수 볼을 깎는다. 검은 산화 피막이 벗겨지며 달맞이꽃 색의 속살이 훤히 드러나면 일이 수월하고 기분이 좋아진다. 얼마나 기다리다 꽃이 되었을까? 달밝은 밤이 오면 홀로 피어있는 달맞이꽃은 닭장의 닥풀을 떠올리게 한다. 무모한 시합을 하는 남편을 닭장 옆에서 기다리다 그곳에서 꽃이 된 닭장의 닥풀처럼 방짜유기 장인이 되는 것은 인고의 기간이다.

기능을 연마할수록 더 힘이 드는 것이 방짜 아재의 삶이다. 달맞이꽃과 닭장의 닥풀, 방짜 아재는 성실과 인내의 삶이다. 언젠가는 방짜 아재만의 아재방짜가 생산될 것이다. 아재방짜는 방짜 아재의 달맞이꽃이고 닭장의 닥풀이다. 그것이 방짜 아재의 님이다. 깎이고 다듬어진 팔찌와 달맞이꽃으로 다화를 했다. 노랑이들의 합창이다. 차는 공장이라 티백의 녹차를 우리고 찻자리를 했다. 녹차의 첫 잔은 덜 벗기어진 방짜처럼 입에 붙지 않는다.

둘째 잔은 길게 우렸다. 차기가 금방 나가기 때문이다. 고소한 둘째 잔이 마음까지 노란 달맞이꽃처럼 순하다. 방짜 팔찌를 차고 있으면 혈액 순환이 되어 쥐가 안 난다고 광간 아재는 발목과 손목에 차고 있다. 달맞이꽃의 인사를 받으며 출근하는 신중년은 새 희망이다. 빙수 볼을 깎을 때 발생하는 가질밥으로 꽃을 만드는 방짜 아재는 가질 예술인이다. 방짜 팔찌와 달맞이꽃 방짜에 핀 가질꽃으로 찻자리를 만드는 차인이다. 시음하며 느낌을 기록하는 액티브 시니어다.

다 깎인 빙수볼이 차곡차곡 가질간 선반에 쌓일 때마다 가질 아재의 보람은 늘어간다. 이 황금빛 빙수볼이 가져다줄 시원함을 상상하며 개운해한다. 유기 대장간의 고단함도 새벽에 보는 달맞이꽃과 한낮의 달개비꽃의 싱그러움과 쪽빛의 신비함을 생각하면 금세 잊어진다. 자연이 선물하는 생명과 놋쇠 기능성이 어우러 행복이 방짜 아재의 하루와 일상을 힘차게 한다. 일상에서 충분함을 얻는 방짜 아재는 액티브 시니어다.

나가며

하나님과 가족이 있어 오늘 여기까지 오게 되었다.

액티브 시니어가 되고자 하는 나에게 노랑희망을 품게 해
준 이종덕 무형문화재, 공방에서 함께 땀 흘리는 공방 동료와
양방향 얼빛소리를 꿈꾸게 도와준 전영현 작가에게 고맙다.
사랑하는 아버지 김종후 님과 어머니 홍경순 여사, 아름다
운 아내 한향남 집사, 든든한 아들 김신웅과 귀염둥이 예쁜
딸 김예빈에게는 늘 미안하고 고맙다. 특히 도서출판 행복
에너지 권선복 대표와 정성으로 도와준 오동희 작가, 시너
지 책쓰기 코칭센터의 유길문 회장과 오경미 코치에게 항
상 고맙고 감사하다. 이 아름다운 관계를 위해 계속 정성을
다해야 한다는 것을 이제야 알았다. 이 모든 영광을 주님께
돌린다.

참고문헌

1. 이종덕, 2004 『전통 방자유기 제조와 그 개선 방안에 대한 연구』 중앙대학교 석사학위논문

2. 임근혜, 2016 『안성맞춤유기鍮器 생산전통의 구성과 지속』 서울대학교 박사학위논문

3. 이순주, 2018 『익산의 지역문화 정책과 문화콘텐츠산업 활성화 연구』 원광대학교 박사학위논문

4. 이종석, 1998 『韓國의 傳統工藝』 중앙대학교 석사학위

5. 국립문화재연구소, 2014 『익산 미륵사지 석탑 사리장엄』 전라북도

6. 안귀숙, 2002 『중요무형문화재 제77호 유기장』 화산문화

7. 홍정실, 2006 『유기』 대원사

8. 이봉주, 2011 『메질 많이 해야 황금으로 빛난다』 나눔사

불꽃과 풀꽃이 어우러진 변주곡,
방짜 아재의 삶과 함께 일상의 쉼을 경험해 보세요

권선복
(도서출판 행복에너지 대표이사)

일제침략기 때 지체 높던 가문마다 제기祭器로 쓰던 유기鍮器마저 공출되어 몽땅 사라질 뻔한 위기가 있었습니다. 그때에 쇠잔해진 명맥이 오늘날 다시 부활하는 모습을 보여 반갑기 그지없습니다.

그만큼 유기는 우리에게 특별한 기물器物이었습니다. 조상께 올리는 진선進膳을 담던 영혼의 그릇이었고, 최고의 대접에는 항상 유기가 쓰였습니다. 때문에 『경국대전』의 공조工曹편을 보면, 유기를 전담하여 놋그릇을 생산하는 유장鍮匠이 있었는데 이는 오늘날의 국가직 공무원에 해당하는 셈입니다.

어느 물건인들 만든 이의 수고가 예사롭지 않은 것이 있겠습니까만, 유기를 만드는 수고로움은 특히 남다릅니다. 사르트르(Jean-Paul Sartre:1905-1980)는 "실존은 본질에 앞선다."라고 하였습니다. 열세 번의 불꽃쇠를 통해서 만들어진 꽹과리의 본질은 본래 한낱 놋쇠일 테지만, 방짜 아재의 땀과 정성과 불꽃이 오롯이 들어간 반짝반짝 빛나는 유기는 놋쇠의 존재 가치를 이미 한참이나 넘어선 실존의 미학을 담아내고 있습니다. 그렇게 탄생한 방짜 아재의 울음은 무대 위에도 올라 놀이판도 되고, 들판의 함성도 되고, 축제의 한마당도 됩니다.

그런데 이 깊은 울음을 만들기 위해 방짜 아재가 보낸 인고의 시간들 속에서도 꽃은 온갖 계절의 향기를 바람에 실어 전하며 피고 집니다. 대장간에서 가질을 하며 비지땀 흘리는, 역동적이고 극한의 영역에 닿아 있는 저자의 일상이지만, 길을 가다 마주치는 여리여리한 풀꽃에 마음이 닿으면 일순간 평화가 찾아옵니다. 고난과 쉼이 공존하는 우리네 삶의 법칙은 방짜 아재에게도 마찬가지입니다.

이 소소한 일상에는 쉼이 있고 평안이 있습니다. 뜨거운 열을 견뎌내며 꽹과리 울음을 잡는 저자의 삶에는 더욱 필요한 요소들이겠지요. 그래서인지 극한의 직업과 꽃을 통한 극도의 평온함을 넘나드는 이야기를 엮어내는 저자의 어투에는 일말의 어색함도 없습니다. 마치 처음부터 서로 공존했던 것처럼…. 일상의 소박한 숨결을 따라 삶을 성찰하고 되돌아보는 여정이 녹아 있습니다.

『울음 잡는 가질꽃』의 독자 여러분께도 이 일상의 평온과 방짜 유기의 뜨거운 불꽃을 넘나드는 저자의 변주곡을 들려드리고 싶습니다. 이 책과 함께 독자 여러분에게도 일상의 쉼을 가능케 하는 행복에너지가 솟아나길 진심으로 기원합니다!

鍮器削形

* 이 그림은 1880년대부터 1900년대 초기의 개화기에 주로 활동했던 조선 후기의
 풍속화가 기산箕山 김준근金俊根이 남긴 『기산풍속도첩箕山風俗圖帖』이다.
 총 5점의 유기 관련 그림이 있는데 鍮器削形유기삭형:가질이 놋쇠 작가의 가질 원형이다.

내 삶을 바꾸는 기적의 코칭

박지연 지음 | 값 15,000원

『내 삶을 바꾸는 기적의 코칭』은 '내면의 변화'의 길로 인도해 줄 안내서이다. 이 책은 하루에 딱 3분만 들여도 충분히 음미하고 생각할 수 있는 흥미로운 이야기가 가득하다. 내 삶을 변화시키고 내면을 변화시키는 것이 무작정 '어렵다'고 생각하기 쉽지만, 이 책은 오히려 아주 조그마한 생각의 전환만으로도 나를 바꿀 수 있음을 말하고 있다. 딱딱하게 말하는 자기계발서와는 달리, 독자에게 생각할 수 있는 여지와 여유를 준다는 게 차별점이라고 할 수 있다.

아홉산 정원

김미희 지음 | 값 20,000원

이 책 『아홉산 정원』은 금정산 고당봉이 한눈에 보이는 아홉산 기슭의 녹유당에 거처하며 아홉 개의 작은 정원을 벗 삼아 자연 속 삶을 누리고 있는 김미희 저자의 정원 이야기 그 두 번째이다. 이 책을 통해 독자들은 '꽃 한 송이, 벌레 한 마리에도 우주가 있다'는 선현들의 가르침에 접근함과 동시에 동양철학, 진화생물학, 천체물리학, 문화인류학 등을 아우르는 인문학적 사유의 즐거움을 한 번에 누릴 수 있을 것이다.

성공하는 귀농인보다
행복한 귀농인이 되자!

김완수 지음 | 값 15,000원

『성공하는 귀농인보다 행복한 귀농인이 되자』는 귀농·귀촌을 꿈꿔 본 사람들부터 진짜 귀농·귀촌을 준비해서 이제 막 시작 단계에 들어선 분들, 또는 이미 귀농·귀촌을 하는 분들까지 모두 아울러 도움을 줄 수 있는 책이다. 농촌지도직 공무원으로 오랫동안 근무하고 퇴직 후에 농촌진흥청 강소농전문위원으로 활동하고 있어서 현장 경험이 풍부한 저자의 전문성이 이 책에 고스란히 녹아 있다고 하겠다.

뉴스와 콩글리시

김우룡 지음 | 값 20,000원

이 책 『뉴스와 콩글리시』는 TV 뉴스와 신문으로 대표되는 저널리즘 속 콩글리시들의 뜻과 어원에 대해 탐색하고 해당 콩글리시에 대응되는 영어 표현을 찾아내는 한편 해당 영어 표현의 사용례를 다양하게 제시하기도 한다. 이러한 과정 속에서 독자들은 해당 영어 단어가 가진 배경과 역사, 문화 등 다양한 인문학적 지식을 알 수 있게 된다. 또한 많은 분들의 창의적이면서도 올바른 글로벌 영어 습관 기르기에 도움을 줄 수 있을 것이다.

아파도 괜찮아

진정주 지음 | 값 15,000원

이 책 『아파도 괜찮아』는 한의학의 한 갈래이지만 우리에게는 낯선 '고방'의 '음양허실' 이론과 서양의학의 호르몬 이론, 심리학적인 스트레스 관리 등을 통해 기존의 의학 및 한의학으로 쉽게 치료하기 어려운 '일상적인 고통'을 치료하는 방법을 제시한다. 또한 이론을 앞세우기보다는 저자의 처방을 통해 실제로 오랫동안 고통 받았던 증상에서 치유된 사람들의 이야기를 먼저 전달하며 독자의 흥미를 돋운다.

맛있는 삶의 사찰기행

이경서 지음 | 값 20,000원

이 책은 저자가 불교에 대한 지식을 배우길 원하여 108사찰 순례를 계획한 뒤 실행에 옮긴 결과물이다. 전국의 명찰들을 돌면서 각 절에 대한 자세한 소개와 더불어 중간중간 불교의 교리나 교훈 등도 자연스럽게 소개하고 있다. 절마다 얽힌 사연도 재미있을 뿐 아니라 초보자에게 생소한 불교 용어들도 꼼꼼히 설명되어 있어 불교를 아는 사람, 모르는 사람 모두에게 쉽게 읽힌다. 또한 색색의 아름다운 사진들은 이미 그 장소에 가 있는 것만 같은 즐거움을 줄 것이다.